조정래 대하소설

태백산맥

청소년판
2

조정래 대하소설

태백산맥

청소년판
2

제1부
한(恨)의 모닥불

조호상 엮음 | 김재홍 그림

해냄

민족의 숙원, 평화통일의 길

'통일이 안 되고 이대로 살아도 상관없다.' 그 수가 해마다 조금씩 늘어 최근에는 24퍼센트가 되었다. 이건 대학생들을 상대로 한 여론조사의 결과이다. 나는 이런 현상을 보며 무척 당황스럽고 몹시 두려움을 느낀다. 이 땅의 대표적인 젊은 지식층의 네 명 중 한 명이 '굳이 통일할 필요가 없다.'고 생각하고 있으니 이게 어찌 된 일인가.

그 놀라움과 동시에 하나의 생각이 떠오른다. '그럼 청소년들은 어찌 생각하고 있을까!' 그러나 그 의문에 대한 응답은 없다. 왜냐하면 미성년자인 청소년들은 여론조사의 대상이 아니기 때문이다.

그러나 그 결과는 대충 짐작이 된다. 대학생들보다 그 비율이 높으면 높았지 낮지 않을 것이다. 청소년들은 대학생들에 비해 역사인식이 더 낮을 수밖에 없기 때문이다.

대학생들의 그런 반응은 꼭 그들만의 책임일 수는 없다. 국어와 역사 시간을 줄여 영어 시간을 늘리는 우리의 교육 문제부터 잘못되어 있는 탓이다. 역사 교육을 제대로 받지 못하고 있으니 우리 민족의 숙원이고 비원인 통일 문제마저 그렇게 소홀하게 여기게 된 것이다.

우리가 분단되어 서로를 적대시하고 살아가는 것만큼 큰 비극과 어리석음은 없다. 수천 년에 걸쳐서 한 민족으로 살아온 우리가 반으로 갈려 산다는 것은 허리를 반으로 잘려 사는 불구의 삶이나 다름없다. 반신불수의 삶, 그것처럼 큰 불행과 슬픔은 없다.

그 잘린 허리를 잇는 일, 그것이 소설『태백산맥』을 통해서 하고 싶어 한 일이었다. 우리 한반도의 허리는 태백산맥이고, 그 '허리 잇기' 작업이 소설『태백산맥』이라서 제목이 그렇게 정해졌다. 그 상징적 의미가 청소년 여러분에게 제대로 전해졌으면 좋겠다.

우리 한반도는 강대국들 사이에 끼어 있는 작은 땅이다. 그래서 우리 민족은 영원히 약소민족일 수밖에 없다. 그것은 우리의 힘으로는 피할 수 없는 일이기 때문에 우리의 운명인 것이고, 숙명이다. 그것처럼 슬프고 속상한 일도 없다. 그런데 우리가 남과 북으로 분단되어 있다는 것은 그 슬픔과 속상함을 더욱더 키우는 일이다. 우리가 약소민족으로서 그나마 좀 제대로 살아보려면 꼭 한 가지 방법밖에 없다. 그건 바로 통일이 되어야 하는 것이다. 통일이 되어야 불구의 삶을 면하는 동시에 우리의 힘이 커질 수 있기 때문이다.

청소년들은 너나없이 공부에 시달리느라고 소설을 읽을 시간이 없다. 그 잘못된 교육 제도를 일시에 뜯어고칠 수 없으니 조금이나마 시간 절약하며 쉽게 읽을 수 있도록 청소년판을 새로 꾸몄다. 아무쪼록 내일의 주인인 청소년들이 이 책을 벗 삼아 민족 통일의 필요성을 빠르게 인식하기를 간절히 바란다.

2016년 10월 22일

차례

11

체포

버르장머리 없는 놈, 국회의원을 뭐로 보고 주둥아릴 놀려 대. 분이 치솟은 최익승은 거칠게 전화기 손잡이를 돌렸다.

"교환, 나 최익승인데 빨리 경찰서장 바꿔."

"네, 잠시만 기다려 주세요, 의원 각하."

꾸벅 절이라도 하는 듯한 교환의 목소리가 울렸다. 난데없이 국회의원의 목소리를 듣고 보니 당황할 만도 했다.

"의원 각하, 저 남인탭니다. 아침 일찍 어쩐 일이십니까?"

부동자세라도 취하고 있는 듯한 서장의 목소리였다.

"의논할 일이 있소."

"예, 곧 가 뵙겠습니다. 그럼 전화 끊겠습니다."

최익승은 내친김에 그 일들을 다 처리해 버려야겠다고 생각했다. 서울을 오래 비워 둘 수 없는 처지에 시간이 빠듯했다.

경찰서장은 금방 들이닥쳤다.

"의원 각하, 무슨 일이십니까?"

최익승은 어떤 얘기부터 꺼낼까 잠시 생각했다. 아까 전화를 걸 때만 해도 그놈에 관한 문제를 먼저 꺼낼 생각이었다. 그러나 다소 감정을 누그러뜨린 그는 이익이 작은 것을 앞으로 내세우고 이익이 큰 것을 뒤에 꺼내기로 했다. 그래야 자신의 의도를 어느 만큼 감출 수 있으리라 계산했다.

"남 서장, 현재 청년단장직은 어찌 되었소?"

"예, 공석 중에 있습니다."

"쯧쯧쯧, 그걸 누가 모르오. 이 비상시국에 언제까지 그 자리를 비워 둘 거냐 이 말이오."

남인태는 찔끔했다. 상대방은 적임자가 누구인지를 알고 싶어 하는데, 거기까지는 미처 신경을 쓰지 못했던 것이다.

"계속 찾고 있습니다만, 선뜻 나서는 사람이 없어서. 곧 조처하겠습니다."

"아니, 빨갱이 손에 죽을까 봐 무서워 그 자리에 앉으려는 사람이 없단 말이오?"

최익승은 말꼬리를 낚아채며 회심의 미소를 지었다. 일이 너무 쉽게 풀리고 있었다. 반면 남인태는 거짓말이 꼬투리를 잡혔으니 또 다른 거짓말을 꾸며 대야 할 판이었다.

"할 만한 사람은 다 그런 눈치인 데다가 감찰부장 염상구가 일을 야무지게 해내고 있어서……"

손 안 대고 코 푼다는 말은 꼭 이런 경우를 이르는 것이라고 최익승은 속으로 웃었다.

"그럼, 감찰부장을 단장 자리에 앉히면 되겠구만. 목숨 아까워 그 자리에 앉기 싫어하는 비애국자보다 그렇게 솔선수범하는 애국자를 앉히면 일을 얼마나 더 잘하겠소."

"예에, 예에……"

남인태는 끙끙 힘만 쓸 뿐 더 할 말이 없었다. 자신이 판 함정에 꼼짝없이 빠지고 만 꼴이었다. 그 무식하고 앞뒤 없는 염상구가 청년단장이라니……. 남인태는 그것만은 용납할 수 없었다.

"서장이 추천한 것이나 다름없는데, 왜 표정이 시원치 않소?"

최익승은 마무리 수를 놓고 있었다.

"아닙니다. 염상구는 단장 자격이 충분히 있습니다."

남인태는 생각과는 정반대의 말을 하고 있었다.

첫 번째 일은 아주 자연스럽게 풀렸다.

"서장은 혹시 김범우를 아시오?"

"예, 봉림 사는 김사용 어른 둘째 아들입니다. 순천중학 선생이

구요."

남인태는 이번에는 또 무슨 일인가 싶어 신경을 곤두세웠다.

"그 사람 사상은 파악하고 있소?"

사상? 남인태는 머리끝이 쭈뼛했다. 사상이라는 말만 들으면 빨갱이가 떠오르는 직업적 노이로제였다.

"그 사람 사상은 건전한 것으로 파악하고 있습니다."

"건전하다? 자신할 수 있소?"

남인태는 금방 자신감이 흔들렸다. 열 길 물속은 알아도 한 길 사람 속은 모른다고, 사상이란 행동으로 내보이지 않는 한 제아무리 수사 능력이 뛰어난 형사라도 적발해 낼 재간이 없는 일이었다.

"아, 서장이 자신할 수 있냐니까!"

"확실하게 자신할 수 없습니다만, 저희들이 파악하는 바로는……."

"파악하는 바로는 애국자다 그런 말이오?"

"아닙니다, 애국자는 아닙니다."

"빨갱이도 아니고 애국자도 아니면, 회색분자란 말이오?"

남인태는 아리송해졌다. 이것도 저것도 아닌 회색분자인 것은 분명한데, 그것은 이쪽이 아니라 저쪽에 더 가깝다는 의미가 강한 말이었다. 남인태는 김범우를 자신 있게 회색분자라고 점찍을 자신이 없었다. 저 사람이 김범우에게 무슨 짓을 하고 싶어 하는가, 남인태는 또 함정으로 빠져드는 기분이었다.

"뭐라고 단정을 내릴 수가……."

"어허, 경찰서장이란 사람의 태도가 어찌 그리 모호하오. 그놈을 당장 잡아들이시오!"

"네에?"

남인태는 이미 드러낸 놀라움을 수습하느라 급급했다.

"그놈은 새빨갛지는 않지만 불그죽죽하게 물이 든 놈이오. 날 찾아와서 빨갱이 편드는 말을 했단 말이오. 그대로 내버려 뒀다간 골치 아픈 일이 생길 테니, 당분간 유치장에 처박아 두는 수밖에 없소."

"하지만 무슨 명목으로……."

남인태는 상대가 만만찮은 김범우라서 선뜻 내키지 않았다.

"서장이라는 사람이 뭐가 무서워 우물거리는 거요. 국회의원이 잡아넣으라면 잡아넣는 거지!"

최익승은 냅다 소리를 질렀다.

"예, 분부대로 시행하겠습니다."

남인태는 연신 허리를 굽실거렸다.

"그놈이 나한테 뭐랬는지 한마디만 해 주겠소. 아무리 공산주의 활동을 한 자라도 재판을 거치지 않은 처형은 있을 수 없고,

피해자 가족의 보복 행위도 용납해서는 안 된다고 떠들었소. 용 공주의자가 아니고서야 어찌 그런 말을 할 수 있겠소."

"그 사람 그렇게 안 봤는데 확실히 위험한 데가 있습니다."

남인태는 말에 힘이 솟았다. 일단 잡아들일 명분은 충분했다.

"잡아들여서 세세히 조사하시오. 그러다 보면 시일이 흐르고, 그놈 발이 묶인 상태에서 검거는 끝날 테니까."

"알겠습니다."

"김씨 문중 사람들이 보고만 있지는 않을 거요. 서장이 눈치껏 김사용 영감에게 귀띔하시오. 무사히 풀려나게 하려면 서울에 가서 최 의원님을 만나는 방법밖에 없다고. 무슨 말인지 알겠소?"

"네, 알겠습니다."

최익승은 생각지도 못했던 계략이 순간적으로 떠올랐다. 지난 선거 때 김씨 문중의 지지를 거의 얻지 못했던 것이다. 김사용은 김씨 문중을 이끄는 사람 중의 하나였다.

"이 일만 잘 해내면 남 서장은……."

최익승은 일부러 말꼬리를 흐렸다.

"아닙니다, 아닙니다."

남인태는 황송한 몸짓으로 사양했다. 그러면서도 이 일을 전화 위복의 기회로 삼아야 된다고 생각했다. 실낱처럼 가늘어진 목을 동아줄처럼 굵게 만들 더없이 좋은 기회였다.

"그리고 술도가 정 사장은 어찌 처리할 작정이오?"

남인태는 가슴이 벌떡거렸다. 이틀 전에 정 사장 부인이 가져온 돈뭉치가 눈앞에 어릿거렸다.

"예, 마땅히 처리할 방도가 없어서 의원 각하께 여쭈려던 참이었습니다."

최익승이 무슨 속셈을 갖고 있는 눈치여서 남인태는 재빨리 말을 지어냈다.

"나한테 물으려고 했다아……."

최익승은 생각에 잠겼다.

"정 사장 아들이 나타나면 체포해서 정 사장을 자금 조달책으로 얽으려고 잠복을 시켰는데, 끝내 아들이 나타나지 않았습니다."

"지금 정 사장을 얽을 죄목이 없어서 조처를 못하고 있다는 거요?"

최익승의 안색이 달라졌다.

"예, 지금으로서는……."

"남 서장, 읍내에서 방귀깨나 뀐다는 사람들이 다 죽은 판에 정 사장만 살아남은 건 뭐요. 그 이상 확실한 죄목이 어디 있소. 지금 잠꼬대를 하는 게요 뭐요?"

남인태는 말문이 막혔다. 빨갱이 아들 덕에 살아난 것이 무슨 죄가 되랴. 그저 며칠 경찰서에 가둬 두었다가 뒤로 돈이나 챙기고 풀어 주면 되겠지 생각했던 것이다.

"어떻게 처리하면 좋을지요?"

"그자를 오늘 밤 당장 총살시키시오."

"아니, 의원 각하……."

남인태는 뻣뻣이 굳어졌다.

"왜, 못 죽일 이유라도 있소?"

"그런 건 아닙니다. 그러나……."

"그러나, 어쨌단 말이오?"

"정 사장은 유지이고 읍내 발전에도 공이 적잖습니다. 아들이 빨갱이질 하는 걸 막으려고 애쓴 것도 아는 사람은 다 아는 사실입니다. 의원 각하께서 덕을 베풀어 주시면……."

남인태는 삐질삐질 진땀을 흘렸다. 정 사장을 총살하면 서장 자리도 끝장날 것 같은 예감에 몰리고 있었다. 최익승은 그런 남인태를 보며, 저것이 판단은 제대로 하는군, 생각했다.

"덕을 베풀라니, 어쩌라는 거요?"

최익승은 한발 물러서는 척하며 남인태의 입으로 방법을 제시하게 했다.

"제가 강력하게 조치하고, 의원 각하께서 특별 선처하시면 정 사장이 어찌 그 은혜를 잊겠습니까."

최익승은, 녀석이 제법이라고 생각했다.

"덕을 베푸는 건 나쁠 것 없지만……. 내가 선처하는 걸 그자
가 알아야 할 텐데, 내가 죄인을 찾아 경찰서로 갈 수는 없지 않
은가."

최익승은 마지막 그물을 던졌다.

"당연한 말씀입니다. 날이 어두워지면 제가 각하께 데려오겠습
니다."

"꼭 그럴 필요 있을까?"

최익승은 슬쩍 딴전을 피우며 고개를 저었다.

"그렇게 해 주시면 각하의 덕망이 온 읍내에 퍼질 것입니다."

"서장이 바라는 바라면 내 뜻을 못 바꿀 것도 아니지만……."

"고맙습니다, 의원 각하."

남인태는 고개를 깊숙이 숙였다. 최익승은 그런 남인태를 내려다보며 입가에 엷은 웃음을 피웠다. 네놈 같은 새대가리는 열 번 죽었다 깨도 내 깊은 생각을 땅띔이나 하겠느냐……. 그는 다시 한 번 자신의 신출귀몰한 두뇌 회전으로 얻게 된 이익을 만족스럽게 음미했다.

최익승의 집을 나온 김범우는 장터거리로 이어진 길을 걷고 있었다. 머릿속에는 최익승의 고함 소리가 가득했다.

"자네가 바로 빨갱이구만. 빨갱이가 아니고서야 어떻게 그따위 소릴 지껄이느냔 말야. 나가, 당장 나가. 감히 어느 안전이라고……."

최익승은 책상을 내리쳤다. 김범우는 뚫릴 가망이 보이지 않는 벽을 느끼며 일어설 수밖에 없었다.

김범우는 최익승을 찾아간 것을 후회하지 않았다. 애초에 큰 기대를 하지 않은 탓이었다. 그럼에도 굳이 최익승을 만난 것은 감정으로 치우칠지 모르는 행동에 다소나마 제동을 걸기 위해서였다. 최익승은 '빨갱이'란 말을 수없이 되풀이했다. 그건 말이 아니라 공격 무기였다. '빨갱이'라는 말은 '공산주의자'나 '사회주의

자'라는 말과는 그 느낌이 판이했다. 그건 극악한 범죄자의 대명
사였고 극형의 죄목이었다.

"말도 마소, 젊은것들이 밤마다 좌익헌 사람들 집 찾아댕기면
서 원수를 갚는디, 순사보다 더 무섭다드랑께."

"순사들 손에서 간신히 살아 나와 또 매타작을 당허자니 얼마
나 징허겄소."

김범우는 귀가 곤두섰다. 물감 상점 앞에서 두 여자가 이야기
를 나누고 있었다.

"그나저나 안 선생님 어무니가 큰일이시. 나이가 많은 데다가
병구완헐 사람도 없응께."

"참말로 그 얌전허신 양반 팔자가 어찌 그리 비비 꼬이는지 모
르겄소. 안 선생이 선생질 얌전히 혔으면 신세 늘어졌을 것인디,
뭐 먹자고 빨갱이질은 해 갖고 늙은 엄니까지 매타작당허게 허는
지 모르겄소이."

"금메 말이시, 알다가도 모를 것이 사람 속잉께."

"어쨌거나 그만허기 다행이요. 칠동리 영감처럼 맞어 죽었으면
어쩔 뻔혔을 것이요."

"그 영감도 참 복 쪼가리 없는 영감이시."

"아는 사람이요?"

"알기는, 소문 들어 봉께 찢어지게 가난허게 살다가 아들 때문

에 죽었다니 허는 소리시."

"해방 되면 살기 좋은 세상이 올랑가 혔는디 갈수록 세상이 팍팍혀지니 어찌 살랑가 모르겄소."

"문딩이 같은 세상이시."

여자들의 이야기는 하나의 사건으로 엮여 정리되었다. 그들의 입에 오른 안 선생님이 안창민이라는 것은 짐작하기 어렵지 않았다. 김범우는 청년단 쪽으로 빠른 걸음을 옮겼다. 벌써 사적인 보복이 자행되고 있는데 어리석게도 자신은 그런 사실도 모른 채 최익승이나 찾아 나섰던 것이다. 그리고 그 '젊은것들'의 행위가 염상구와 연결되어 있으리라는 생각이 들었다. 암호가 필요한 통행금지 시간에 그들이 어떻게 나돌아 다니며 폭력을 휘두를 수 있는가. 염상구가 그들을 직접 조종하는지도 모른다.

김범우는 청년단 문을 거칠게 밀었다.

"아니 성님, 아침 일찍 어쩐 일이시요?"

염상구가 의자에서 벌떡 일어서며 반갑게 김범우를 맞았다.

"마침 있었군. 자네 나한테 솔직하게 말할 게 있네."

김범우는 잔뜩 성깔이 돋은 얼굴로 염상구를 바라보았다.

"참 성님도, 내가 성님헌테 거짓말이야 허겄소?"

염상구는 웃으며 말했지만 김범우의 싸늘한 태도에 싸악 비위가 뒤틀렸다.

22

"밤마다 테러를 하는 젊은 놈들하고 어떤 사인가?"

염상구는 가슴이 뜨끔했지만 태연하게 웃었다.

"고런 어린것들허고 내가 무슨 사이겄소."

"자네하고 아무 관계가 없다면, 경찰하고 관계를 맺고 있단 말인가?"

"고건 또 무슨 소리다요?"

"이 사람아, 청년단하고도 관계없고, 경찰하고도 관계없다면 그놈들이 어떻게 통행금지 시간에 맘대로 쏘다니며 테러를 하난 말야. 그놈들한테 매일 바뀌는 암호를 알려 주는 게 자네야, 경찰이야?"

염상구는 막다른 골목에 몰린 셈이었다. 그러나 그는 배알이 뒤틀렸다. 내가 왜 저것한테 취조받듯 해야 하는가. 제길, 사람대접해 줬더니 상투 뽑겠다고 덤비네.

"고건 성님이 알 일이 아니요."

염상구는 냉정하게 대답을 거부했다.

"자네 지금 무슨 말을 하는 거야!"

김범우가 갑자기 소리를 질렀다.

"성님은 선생님이신께 고런 일에 간섭허지 마시라는 말인디, 내 말이 틀렸는게라?"

야유하듯 말하는 염상구의 태도에 김범우는 당황했다. 하지만 테러를 막으려면 그를 구슬리는 수밖에 없었다.

"자네 말이 맞네. 나는 선생 노릇 착실히 하고, 자네 같은 사람은 치안을 야무지게 해야 세상이 편안해지는 법이지. 그런데 지금 읍내 인심이 어떤지 아나? 그 젊은 놈들을 욕하는 건 말할 것도 없고, 경찰이나 청년단은 있으나 마나라는 것이네. 이런 시국에 경찰이나 청년단이 원망을 들어서야 되겠나. 자네도 이런 때 인심을 얻어야 앞길이 열릴 테고. 물론 나 혼자서도 젊은 놈 네댓쯤 혼쭐을 낼 수 있지만, 그건 엄연히 자네 소관이라 이리 찾아온 게 아닌가."

염상구의 얼굴에는 동요의 빛이 떠올랐다.

"헌디 갸들도 헐 소리가 있당께요. 빨갱이 손에 아부지 잃은 분풀이를 헌다는디, 어떻게 못허게 헐 것이요."

염상구는 자기와의 관계를 실토하는 줄도 모르고 말을 쏟아 놓았다.

"지금까지 한 분풀이로도 충분하네. 사람까지 하나 죽였으면 됐지, 더 하다간 큰 문제가 일어날 것이네."

"그 일까지 소문이 났습디여?"

염상구는 놀라움을 감추지 않았다.

"발 없는 소문이 몇 리를 간다고 하던가?"

"고건 헛소문이구만요. 그 영감은 갸들헌테 맞어서 죽은 것이 아니라 지가 고꾸라지면서 댓돌에 머리를 찧어 죽은 것이요. 영 감 며느리도 그렇다고 조서에 지장을 찍었응께요."

김범우는 눈을 꼭 감았다가 떴다.

"그 영감이 댓돌에 머리를 부딪친 건 몰매를 못 견뎌 쓰러졌기 때문 아니겠나. 그건 엄연히 살인이야. 조서를 어찌 꾸미건 법정 에 가면 살인죄를 면할 수 없어. 어쨌거나 이쯤에서 그놈들 짓을 막게. 또 사람 죽는 꼴 생기기 전에."

"알겠구만이라. 오늘 밤서부터는 꼼지락 못허게 혀야 쓰겠구만 이라."

염상구는 고개를 주억거렸다. 김범우의 말대로 그놈들 분풀이 를 시켜 주려고 괜히 인심을 잃을 필요가 없었고, 또 사람이라도 하나 더 죽이게 된다면 얼마나 골치 아플 것인가.

"자네 말 믿고 그만 가 보겠네."

김범우는 그만 자리에서 일어났다.

"고맙구만이라. 좋은 말 혀 주셔서."

염상구는 뒷머리를 긁적거리며 따라 일어섰다. 단순해서 다루 기 편하고, 단순하기 때문에 위험하기 그지없는 존재라고 생각하 며 김범우는 염상구를 물끄러미 바라보았다.

청년단 사무실을 나온 김범우는 안창민의 집으로 갔다. 김범우 는 낮은 기침으로 인기척을 내며 반쯤 열린 대문을 들어섰다. 농가가 아닌 조그만 초가는 말끔한 느낌을 주었다. 집 안의 그런 분위기는 안창민의 어머니 모습 그대로였다. 그의 어머니는 늘 풀기가 선 옷차림에 쪽머리도 언제나 단정했다. 그분은 양반 가문의 기풍을 뼛속까지 익힌 여인이었다.

"실례합니다."

토방 가까이 다가선 김범우는 말했다. 곧 문이 열렸다.

"누구신지요?"

젊은 여자가 쪽마루로 나오며 목례를 했다. 흰 저고리에 검정 치마를 입은 여자는 배움을 갖추고 있는 듯 보였다.

"아, 저는 안 선생 친구 김범우라고 합니다. 어머님께서 변을 당하셨다기에……."

"네, 김 선생님이시군요." 젊은 여자는 불안스럽던 얼굴을 금방 반가움으로 바꾸고는 "저는 남국민학교에 근무하는 이지숙이라고 합니다." 하고 인사했다.

"아아, 네……."

김범우는 고개를 숙여 맞인사를 하며, 그 여자와 안창민의 관계가 일직선으로 연결되는 예감에 부딪혔다.

"김 선생님께서는 저를 아실 리 없지만, 저는 김 선생님을 알고 있습니다."

이지숙은 직장 생활을 하는 여자답게 스스럼없이 말했다.

"네, 그런데 어머님께선 좀 어떠신지……."

"지금 주무십니다. 들어가 보시죠."

"아닙니다. 잠을 깨워선……. 상태는 어떠신지요?"

"타박상을 입으셨구요, 열이 심한 편입니다."

"의사는 다녀갔습니까?"

"원치를 않으십니다."

"이 선생님 생각으로는 어떠십니까?"

"아무래도 의사한테 보여야 할 것 같습니다. 연세도 연세고……."

"알겠습니다. 제가 다녀오겠습니다."

김범우는 이지숙에게 목례를 하고 돌아섰다.

영리하고 강단 있게 생긴 얼굴이었다. 안창민을 깊이 사랑하는 듯했다. 그렇지 않고서야 간호에 나섰을 리 없었다. 경찰의 주목이나 주변의 소문을 무릅쓰겠다는 각오 없이는 할 수 없는 행동이었다. 혹시 그녀는 안창민과 사상적 동지로 맺어진 연인이 아닐까. 글쎄, 만약 그렇다면 그런 티 나는 행동은 삼갈 것 아닌가.

김범우는 병원에 가는 내내 이지숙에 대해 생각했다. 그러나 의문만 자꾸 가지를 뻗을 뿐 결론은 나지 않았다. 다만 영리하고 야무지다는 인상은 확실하게 남았다.

전명환 원장은 김범우의 이야기를 침통한 표정으로 들었다.

"참으로 큰일이오. 이런 혼란이 언제까지 계속될지. 염상진네가 그 사실을 알면 가만히 있겠소. 또 보복하고, 죽고, 죽이고……. 무슨 짓들인지 모르겠소."

전 원장은 왕진 가방에 진찰 도구를 챙겨 넣으며 시름겨운 목소리로 말했다.

김범우는 남국민학교로 이어지는 길목으로 접어들다가 두 경찰이 겨눈 총부리 앞에 걸음을 멈추어야 했다.

"당신이 김범우요?"

"그렇소!"

김범우는 두 경찰을 노려보며 버티어 섰다.

"당신을 체포하겠소."

"이유가 뭐요!"

김범우의 목소리가 노기에 찼다.

"경찰서로 갑시다. 이유는 거기 가면 알게 될 테니까."

"아니, 왜들 이러시오. 우리 김 선생이 도대체 뭘 잘못했길래."

전 원장이 경찰들 앞으로 나섰다.

"원장님은 가만 계세요. 다 그럴 만한 잘못이 있어서 이러는 겁니다."

김범우는 그때까지도 왜 이런 사태가 벌어졌는지 맥을 잡지 못하고 있었다. 아무리 생각해도 길거리에서 총구의 겨냥을 받을 만한 일은 없었다.

"좋소, 갑시다."

김범우는 피식 웃음을 흘렸다.

"원장님, 혼자 가셔야겠습니다. 이따 병원으로 가겠습니다."

김범우는 전 원장에게 아무렇지도 않다는 듯 말했다.

"갑시다."

경찰이 총부리로 김범우의 등을 밀었다. 입가에 쓴웃음을 문 김범우가 걸음을 옮겼고, 전 원장은 김범우의 뒷모습을 멍하니 바라보고만 있었다.

12

구만리장천을 떠도는 구름

새벽 우물터에는 아무도 없었다. 그녀는 서둘러 물동이를 내려
놓고 두레박줄을 풀었다. 그리고 길어 올린 두레박의 물을 물동
이에 쏟아부었다.

"음마, 외서댁 아니라고?"

물 긷는 데 정신을 팔고 있던 외서댁은 갑작스러운 소리에 질겁
을 했다. 눈앞에서 왕주댁과 샘골댁이 웃고 있었다.

"워메 엄니, 간 떨어지겄소!"

외서댁은 왼손으로 가슴을 누르며 긴 숨을 내쉬었다.

"샘가에서 사람 소리 듣고 어째 그리 놀라는가? 자네, 무슨 죄
진 일이라도 있능가?"

왕주댁이 능글맞게 웃었다.

"죄는 무슨 죄라. 쓰잘 데 없는 생각에 넋 빼다 봉께로 놀란 것이제라."

"쓰잘 데 없는 생각은 무슨 쓰잘 데 없는 생각, 물으나 마나 임 생각 아니것어?"

왕주댁이 거침없이 말했다.

"근디 어쩐 일로 요리 일찍 샘에 나왔을까? 혹시 임헌테 새벽 밥 해 먹여 보낼라는 거 아닌감?"

샘골댁이 두레박을 우물 속으로 떨어뜨리며 말했다. 싸늘한 목소리에는 옹이가 박혀 있었다. 또 시작이구나 싶어 외서댁은 아무 대꾸도 하지 않았다.

"샘골댁, 강 서방이 집에서 하룻밤 잤다 혀도 이적지 아랫목에 뻗대고 있겄는가? 벌써 제석산 넘어갔겄제."

왕주댁이 물을 길어 올리며 입을 놀렸다.

"지리산 호랭이가 칵 씹어 갈 놈의 팔자, 어떤 년은 쫄때기 마누라인데도 죽어라 매타작당허고, 어떤 년은 대가리 마누라인데도 매타작을 안 당헐까잉. 참말로 알다가도 모를 일이랑께."

샘골댁이 노골적으로 외서댁을 공박했다.

"워따메, 샘골댁은 외서댁이 매타작을 안 당혀서 배창시가 비비 꼬이는 모양인디, 사람이 심보 그리 쓰면 못써. 매도 먼저 맞는 매가 낫드라고, 이제나저제나 매타작을 기다리는 외서댁 맘이 어쩌겠능가. 아무리 속상혀도 말을 골라서 허소."

왕주댁은 샘골댁을 나무랐다.

"우리 칠상이 아부지헌테 공산당 물 살살 먹인 것이 누군지나 아시요, 왕주댁은?"

샘골댁이 파르르 기를 세웠다.

"워따, 자네 서방이 세 살 난 아그도 아닌디, 강 서방이 공산당 물 먹인다고 그냥 먹었겄능가? 니나 나나 다 아는 일로 해방이 되고 지금까지 요것이 어디 사람 사는 세상이여? 우리가 눈 뜨고 본 일로, 제대로 된 해방은 양코배긴가 양귀신들인가가 들어오기 전까지 두 달 남짓 아니었드라고? 그 양귀신들이 들이닥치면서 세상이 어찌 돌아가등가? 코가 석 자나 늘어졌던 지주들이 되살아나고, 순사질 해 먹은 죄로 뽕빠지게 도망쳤던 놈들이 도로 그 자리 차고앉고, 공평허게 일 잘하던 인민위원회를 공산당으로 몰아 잡아들이고, 잘돼 가는 밥솥을 엎은 것이 그 양코배기들 아니었드라고? 근디 그다음에는 세상이 또 어찌 돌아가등가? 쌀값이 하늘 높은 줄 모르고 치오르더니 덜컥 생긴 법이 일정 때허고 똑같은 공출제 아니드라고? 쌀을 턱없이 싼 값에 팔아넘겨야 허고, 그다음에 배급 타 먹는 배곯는 세상으로 안 돌아갔나 그것이여. 양코배기들 허는 짓거리가 갈수록 못사는 사람들 기름을 짜내는 판이니, 해방이 되았응께 한판 잘 살어 보자고 맘 단단히 먹은, 정신 제대로 박힌 남정네들이 어째야 혔겠어. 고런 잘못된 세상을 막자면 대거리를 허는 길밖에 없는디, 그 사람들을 경찰에서는 다 좌익으로 몰아 때리지 않더라고? 누가 좌익이 되고 싶어 좌익이 되간디? 옳은 소리를 허면 다 좌익으로 몰아치는 판잉께, 좌익질도 한번 똑바로 못혀 보고 좌익죄를 받느니 진짜배기 좌익질이나 한판 해 버리자 허고 남정네들이 나선 것 아니겄능가. 고런 속사정 다 암스롱 자네가 외서댁헌테 그런 소리 해 싸면 서로 좋을 것이 뭐 있겄능가."

왕주댁은 샘골댁을 달래는 듯한 눈길로 바라보았다. 외서댁은 왕주댁이 더없이 고마웠다. 왕주댁의 말대로 남편은 좌익이 되고 싶어 된 게 아니었다. 비비 틀린 세상이 남편을 좌익으로 만들었다. "요 드런 놈의 세상을 더 보고 앉었을 수는 없는 일이시. 꽉 엎어 뿔고 새 세상을 만들어야 허네." 남편이 어금니를 맞물며 되풀이한 말이었다.

"아무리 그려도 저 집 남정네가 속닥속닥허지 않았으면 우리 집 남정네가 그리 홀까닥 변허지는 안 혔을 것이요."

샘골댁은 파르르 성질을 돋우었다.

"자네가 그리 말허면 자네 서방만 속창아리 없는 사람 맹그는 것이여. 자네 서방도 무슨 깊은 속이 있었응께 강 서방 말이 맘에 잡혔을 것 아니겠능가? 우리끼리 허는 말로 좌익이 나쁠 것이 어디 있는가. 너나없이 공평허게 사는 세상 맹글었다는디, 고런 세상 안 바라는 사람이 어딨겄어. 다 잘헌 일 헐라는 것잉께 서로 다독거리면서 살어야 쓰네. 그러니 자네도 제발 맘 넓게 먹소."

"내가 고런 사정 몰라서 그러는 것이 아니요, 성님. 인제 나는 순사 놈들이고, 소방소 놈들이고, 청년단 놈들이고 싹 다 이가 갈리고, 공산당도 징허요. 이놈헌테 머리끄댕이 끄들치고, 저놈헌테 매타작당허면서 개돼지같이 사느니 팍 그냥 죽고 싶소. 아새끼들만 없었다면 내가 벌써 죽어 뿌렀을 것이요."

샘골댁은 진한 한숨을 토했다. 외서댁은 그 심정을 충분히 헤아릴 수 있었다. 그건 곧 자신의 심정이기도 했던 것이다.

미곡 수매라는 억지법이 생기면서 입 달린 사람이면 누구나 불만을 털어놓았다. 사람들은 미 군정을 욕했고, 한민당을 욕했고, 경찰을 욕했다. 그런데 경찰은 그 욕하는 사람들을 잡아들여 몽둥이찜질을 하면서 좌익으로 몰았다. 그래도 욕하는 사람들은 늘어만 가고, 손이 모자라게 된 경찰은 소방관과 청년단까지 동원했다. 사람들은 소방서나 청년단까지 끌려가 매타작을 당했다. 갑자기 경찰서가 셋으로 불어난 셈이었다. 사람들의 원성이 더 커지는 가운데 좌익으로 생각을 돌리는 사람들이 늘어 갔다. 그 즈음 남편이 마을 사람들에게 손을 뻗친 것을 외서댁은 잘 알고 있었다.

"아서, 고런 막가는 생각 허덜 말어. 맘 독허게 먹고 기다리면 다 때가 오는 것이여."

왕주댁이 두레박을 우물 속으로 던졌다.

"맘을 독허게 먹고 서로 쓰린 속 짚어 가면서 살라고 혀도 매타작은 나 같은 년만 당헌께 오기만 치뻗어 오르요."

"한 사람이라도 매타작 피허면 좋은 일 아니겠는가?"

"오살헐 놈의 공산당, 치가 떨리요."

샘골댁은 빠드득 이빨을 갈아붙였다.

"나 가 볼라요."

외서댁이 기죽은 목소리로 말했다.

"어이, 얼렁 가 보소. 화가 나서 헌 소린께 샘골댁 말 섭허게 생각 말고."

왕주댁이 외서댁 어깨를 다독거렸다.

"하먼이라. 다 우리 애아부지가 잘못헌 일인디요."

외서댁은 샘골댁에게 사과라도 하듯 말했다.

"아무 말 마소. 남정네들이 서로 맘 통해 헌 일잉께."

왕주댁이 샘골댁이나 외서댁에게 두루 하는 말이었다. 입담이 좋으면서도 경우가 반듯하기로 소문난 왕주댁다운 태도였다.

외서댁은 물동이를 이고 걸음을 옮기면서 샘골댁을 미워해선 안 된다고 생각했다. 샘골댁의 말에는 가시가 돋쳐 있었지만 입장을 바꿔 놓고 생각하면 결코 무리가 아니었다. 남편은 분명 회정리와 장양리의 공산당 우두머리였고, 두 동네에서 좌익을 하게 된 사람들은 모두 남편을 통해서 물이 든 모양이었다. 며칠 사이에 두 동네에서 일곱이 죽었다. 그리고 세 집이 밤중에 몰매질을 당했다. 샘골댁도 그중의 하나였다. 줄초상에 몰매질이 이어지는 동네의 분위기는 삭막했다. 그 모든 잘못을 자신이 저지른 것만 같아 외서댁은 사립 밖을 나갈 수가 없었다. 여자의 몸이라 간신히 죽음은 면했다 해도 몰매질은 첫 번째로 당했어야 했다. 그런데 이상스럽게도 외서댁네만 빼놓고 몰매질을 했던 것이다. 밤이면 밤대로 낮이면 낮대로 외서댁은 피가 마르는 고통을 겪어야 했다. 밤이면 몰매질을 기다리며 잠을 설쳐야 했고, 낮이면 몰매질을 당하지 않은 죄스러움으로 얼굴을 들 수가 없었다. "어째서고 새끼들이 외서댁만 쏙 빼놓는지 모르겠네? 고 이쁜 얼굴로 그놈들을 홀려서 그랬을까? 참말로 귀신이 곡헐 노릇이시." 샘골댁은 멍든 얼굴로 비아냥거리고는 했다. 기운으로 한다면 당장 머리채를 낚아챌 수도 있었지만 외서댁은 죄책감으로 그 곤욕을 다 받아 냈다. 그런데 마침내 지난밤에 그 남자가 들이닥쳤다.

　그 남자가 청년단 감찰부장이라는 것을 알아본 순간, 그리고 그 남자가 혼자라는 사실을 확인한 순간 외서댁은 모든 것을 알아차렸다. 그리고 북국민학교에 잡혀가 조사를 받던 때의 일이 선명하게 떠올랐다. 그 남자는 자신을 보자마자 고약한 눈빛을 빛내며 얇은 입술에 묘한 웃음을 물었던 것이다. 외서댁은 직감적으로 그가 음심을 품는 것임을 느꼈다. 외서댁은 오소소 소름이 끼쳤다.

들몰댁은 무당 월녀를 찾아가기로 했다. 월녀는 그 신통력이 널리 알려진 만큼 굿판을 차리는 비용이 비싸다고 했다. 굿판을 벌이기에는 너무나 궁색한 살림이지만 들몰댁은 궂은 죽임을 당한 시아버지의 원혼이 고이 저세상으로 가지 못하고 구천을 떠도는 것만 같아 조바심이 났다. 경찰은 시아버지 일로 조사를 한다며 그녀를 끌고 갔다. 경찰이 묻는 말에 들몰댁은 있는 그대로 대답했다. 그리고 경찰이 시키는 대로 손도장을 눌렀다. 손도장을 누른 종이에 적힌 내용이 무엇인지 알 수 없었고, 무슨 내용이냐고 물을 엄두도 내지 못했다. 조사를 끝낸 경찰은 장례를 빨리 치르라고 몰아댔고 하룻밤을 새우고 나서 초라한 장례를 치렀다. 그 뒤로 시아버지의 모습이 눈에 밟혀 일이 손에 잡히지 않았다. 굶을 때 굶더라도 시아버지의 원혼을 저세상으로 고이 보내 드리는 게 도리라 싶었다.

들몰댁은 흰 무명 치마저고리로 갈아입었다. 옷고름을 매는데

울컥 울음이 솟구쳤다. 상복을 입자 시아버지가 영영 곁을 떠났다는 서러움이 사무쳐 왔다. 그녀는 억울하고 허망한 시아버지의 주검 앞에서 처음으로 남편을 원망했다. 아무리 달리 생각하려 해도 시아버지가 명대로 살지 못한 것은 결국 남편 때문이었다. 그런 불효를 저질러 가며 남편이 벌이고 있는 좌익 운동이 과연 옳은가 하는 의문도 처음으로 일어났다.

들몰댁은 경찰서 앞을 지나기가 무서워 샛길을 걸어 소화다리를 건넜다. 다리를 건너는데도 걸음이 자꾸 휘뚱거렸다. 소화다리에서 총 맞고 대창에 찔려 죽어 간 사람들의 원혼이 발목을 잡아당기는 것 같았다. 소화다리 아래 갈숲에서는 밤마다 귀신들이 운다고 했다. 들몰댁은 그렇게 험악한 꼴로 죽어 간 사람들의 원혼이 떠돌지 않을 리 없으리라 싶었다.

중도 들판을 지나며 들몰댁은 내년 일을 걱정했다. 시아버지가 돌아가셨으니 소작을 거둘지도 모를 일이었다. 만약 그렇게 되면 살길이 암담해지는 것이었다. 소작을 뺏기면 저 갯바닥에서 꼬막을 파내서라도 세 입이 굶어 죽기야 하랴. 들몰댁은 당찬 마음을 먹었다.

제각의 넓은 정원으로 들어서던 들몰댁은 한 곳에 눈길을 박으며 멈춰 섰다. 제각 옆으로 따로 떨어져 있는 조그만 집이 월녀네 집인데, 그곳에서 사람들이 웅성거리고 있었다. 무슨 큰굿을 차

리는가……. 그녀의 마음은 흐려졌다. 적은 돈으로 사정을 해야
할 형편이라 그러잖아도 마음이 움츠러들어 있는데 큰굿을 차린
다고 생각하자 자신감이 싹 가셨다. 그러나 내친걸음이고, 더구
나 시아버지를 위한 일이었다. 안 될 때 안 되더라도 만나야 했다.
그녀는 용기를 내서 걸음을 옮겼다.

　집 가까이 다가간 들몰댁은 잠시 머뭇거렸다. 전 부치는 냄새가
자욱했고, 향 내음도 스치는 속에 사람들이 부산하게 일손을 놀
리고 있었다. 마침 허드렛물을 버리려고 한 여자가 가까이 왔다.

　"저, 말 좀 묻겄는디요."

　들몰댁은 다급하게 입을 열었다.

　"말? 물으씨요."

　여자는 들몰댁을 힐끗 보았다.

　"굿 부탁허러 왔는디요."

　"두 눈 뜨고 뻔히 보면서 고런 소리 허요, 시방?"

　들몰댁은 빠르게 집 쪽을 살폈다. 그러나 여자의 말뜻을 알아
챌 만한 것은 눈에 잡히지 않았다.

　"초상이 난 판에 굿을 해 달라니 고것도 말이라고 허소?"

　들몰댁은 그때서야 실수를 깨달았다.

　"암것도 모르고 오다 봉께 실수혔구만이라. 참말로 미안스럽소."

　"알았으면 한참 있다가 새로 찾아오씨요."

"근디, 누가 세상을 버렸는게라."

"엄니요."

"어쩌다가……."

"중풍을 오래 앓았다요."

"세상에, 그……."

그 굿 잘하던 월녀가, 하는 말을 들몰댁은 삼켰다. 여자는 물통을 들고 돌아섰다.

들몰댁은 그대로 돌아설 수 없었다. 시아버지의 죽음과 무당 월녀의 죽음이 무슨 연관이 있을 리 없었다. 그런데도 이상하게 마음이 쓰이면서 그대로 돌아서는 것이 잘못을 저지르는 일만 같았다. 하긴 지나가는 사람도 상가 앞을 지날 때는 옆 걸음질을 쳐야 하는 법이었다. 하물며 시아버지의 저승길 닦음을 빌어 달라고 하려던 사람의 마지막 길을 목전에서 피한다는 것은 도리가 아니었다. 들몰댁은 쭈뼛쭈뼛 부엌 쪽으로 다가갔다.

"담에 오랑께 뭐 헐라고 또 오요?"

아까 그 여자가 부엌에서 나오며 퉁명스레 말했다.

"기왕 온 길인디 영전에 향 값이라도 올리고 갈라고라."

"워메 그려라? 고마우신 맘씨요."

여자는 금방 표정을 바꾸며 물 묻은 손을 앞치마에 닦았다.

"상제 만날라면 이리 오씨요."

들몰댁은 여자를 따라 토방에 올라섰다.

"여기서 기다리씨요. 금세 나올 팅께."

여자가 서둘러 마루로 올라갔다. 들몰댁은 손에 쥐고 있던 손수건을 풀었다. 굿 장만을 위한 선금으로 준비한 돈이 거기 들어 있었다.

"요 사람이구만이라."

말소리에 들몰댁은 고개를 들었다. 마루에 서 있는 젊은 여자가 월녀의 딸 소화라는 것은 한눈에 알아볼 수 있었다. 소복에 머리를 풀어헤친 여자는 너무나 고왔다. 들몰댁은 합장 인사를 했다.

"뉘신지……."

소화의 들릴락 말락 한 목소리였다.

"칠동에 사는 들몰댁이라고 하는디요. 온 길에 향 값이라도 올리고 갈라고……."

들몰댁은 말이 더듬거려지려 했다.

"고맙구만이라. 헌디, 아짐씨도 상제시구만요."

"야아, 시아부님이 세상을 버리셨구만요."

소화는 깊은 눈길로 들몰댁을 바라보고 있었다.

"요거 얼마 안 되는디……."

들몰댁은 소화 옆에 서 있는 여자에게 돈을 내밀었다. 여자는 얼른 돈을 받았다.

"말 들었는디, 지금 형편이 이런께 다음에……."

소화는 표정 없는 얼굴로 말끝을 흐렸다.

"알겠구만요. 상심되실 것인디……."

들몰댁은 다시 합장 인사를 했다. 소화는 목례를 하고 돌아섰다.

들몰댁은 제각을 뒤로 하고 걸으며 조의금을 낸 것은 백번 잘한 일이라 싶었다. 그렇지 않았더라면 소화를 만나 얼굴을 익히지도 못했을 테고 다음에 굿을 해 주겠다는 말도 듣지 못했을 것이다.

13

냉철한 비판을 생리로 가진
역사의 정체는 무엇인가

염상진은 새소리보다 먼저 울리는 선암사의 쇠북 소리를 듣고 눈을 떴다. 눈을 뜨자마자 지난밤의 일이 머리를 가득 채워 왔다. 무슨 더러운 찌꺼기들이 가득 찬 것 같아 불쾌했다. 그건 서로의 주장이 엇갈린 말의 찌꺼기들이 분명했다.

염상진은 숯막을 나서 물이 흐르는 골짜기 쪽으로 걸었다. 20여 미터 내려가자 보초가 나타났다. 보초는 바위에 등을 기댄 채 잠들어 있었다. 염상진은 목구멍까지 치밀어 오른 고함을 눌러 참았다. 제대로 대장 노릇을 하고 있지 못하다는 자책이 앞섰기 때문이었다. 그는 보초의 발을 툭툭 건드렸다.

"누, 누구여!"

보초가 소스라치며 벌떡 일어서서 허둥거렸다.

"보초가 잠을 자면 되겠나."

염상진은 낮은 목소리로 엄하게 말했다.

"워메, 대장님!"

보초는 뻣뻣하게 굳었다. 군당을 야산대로 편성하면서 염상진은 '위원장'에서 '대장'으로 바뀌어 있었다.

"정신 차리고 근무하게."

염상진은 겁먹은 보초의 눈을 쏘아보고 나서 걸음을 옮겼다.

어젯밤에 일어난 문제는 읍내에 다녀온 강동식의 발언에서 시작되었다.

"우리 식구들이 젊은 놈들헌테 테러를 당허고 있는디 어찌 보고만 있겄소. 당장 쳐들어가 그놈들을 때려잡읍시다."

강동식은 사건 보고를 한 것이 아니라 제멋대로 행동 방향까지 정해서 선동을 했다. 하대치는 곧바로 찬동했고, 안창민도 반격의 필요성을 얘기했다. 토론은 지루하고 피곤하게 엎치락뒤치락했고, 염상진은 그들의 감정이 가라앉기를 기다릴 생각으로 내일 다시 토론에 붙이기로 했다. 그 내일이 쇠북 소리를 따라 오늘로 바뀌어 있었다.

염상진은 개울가에 앉았다. 안개 자욱한 산중의 새벽 정적 속으로 물 흐르는 소리가 맑디맑았다. 물에 손을 담갔다. 냉기가 온

몸으로 퍼졌다. 11월 초인데도 산중의 새벽 기온이나 물은 겨울을 실감 나게 했다. 그는 천천히 손을 씻고는 손바가지를 만들어 얼굴에 물을 끼얹었다. 머릿속 찌꺼기들이 말끔히 씻긴 것처럼 상쾌했다. 그때 문득 머리를 스치는 생각이 있었다. 혹시 그들은, 동생 상구 덕에 우리 집 식구들은 무사할지 모른다고 오해한 게 아닐까. 그러나 지나친 생각 같았다. 상구는 제 입장을 당당하게 내세우기 위해 오히려 테러를 이용했을지도 모를 일이었다. 상구만 생각하면 염상진의 의식은 깊은 수렁으로 빠져들었다. 상구가 돌아오자마자 손을 써야 했는데 그 기회를 놓친 게 두고두고 후회스러웠다. 상구는 잘만 가르치면 혁명 전사로서 한몫을 단단히 해낼 재목감이었다.

염상진은 꽁초를 손가락으로 튕겼다. 꽁초는 포물선을 그리며 물로 떨어졌다. 불이 꺼지는 피지지직 소리가 마치 작은 생명의 마지막 비명처럼 들렸다. 문득 역사 선생의 말이 떠올랐다. '모든 인간은 역사의 중심에 있고자 한다. 그러나 누구도 역사의 중심에 있을 수는 없다. 역사가 그것을 용납하지 않는다. 왜냐하면 역사의 생리는 수은주 이하의 냉철한 비판이기 때문이다.' 사회주의 건설을 위한 무산자 혁명, 그것은 역사의 변두리로 내몰린 사람들을 역사의 중심에 서게 하고, 새로운 역사를 만들고자 함이 아닌가. 봉건주의 지배층과 제국주의 부유층을 몰아내고, 계급

없는 사회를 건설해도 역사는 인간이 중심에 서는 것을 용납하지 않을 것인가. 수은주 이하의 냉철한 비판을 생리로 가진 역사의 정체는 무엇인가. 역사는 사회주의의 어떤 점을 비판하게 될 것이며, 사회주의자들은 어떤 잘못으로 비판을 받아 역사의 중심에서 밀려날 것인가. 역사 선생의 말은 궤변이 아니었을까. 그러나 그 말은 결코 소홀히 넘길 수 없다. 분명 사회는 혁명되어야 하고, 무산자는 사회의 주인이 되어야 한다. 그 역사가 비판의 제물이 되지 않기 위해서는 역사가 가진 수은주 이하의 냉철성보다 더 차가운 냉철성을 유지하면 될 것이다. 역사의 비판 생리마저 얼어붙어 버리게. 그게 바로 사회주의의 완벽성 아닌가. 그렇다. 역사 선생의 말은 사회주의 건설 이전의 역사만을 대상으로 한 것이었다. 절대다수의 인간을 노예화한 봉건 왕조와 절대다수의 인간을 수단화한 제국주의의 역사는 사회주의라는 새 역사 앞에 종말을 고할 수밖에 없다. 이미 그 넓은 땅 러시아가 인민혁명을 창조했고, 그 넓은 대륙 중국이 성공적으로 인민의 깃발을 세워 가고 있으며, 한반도의 반 북조선도 인민의 나라를 세우지 않았는가. 나머지 반마저 인민의 나라로 통일할 날도 멀지 않았다. 새 역사는 진군을 시작했다. 인민의 깃발을 세울 그날까지 혁명적 투쟁이 있을 뿐이다.

염상진은 새로운 힘이 용솟음쳤다. 그는 그들 세 사람의 감상적

주장을 단호히 막아 내리라고 마음을 정했다.

숯막으로 돌아오는 길에 하대치와 마주쳤다.

"대장님, 어디 가셨습디여?"

하대치가 반가운 표정으로 말했다. 태도로 보아 찾고 있었던 듯싶었다.

"낯을 씻고 오는 길이오."

"엊저녁에도 늦게 주무셨는디……."

하대치는 말을 얼버무렸다. 어젯밤 일로 대장의 심기가 편치 않다는 것을 눈치챘기 때문이었다.

"아침밥 먹는 대로 강 동무와 같이 내 방으로 오도록 하시오."

염상진은 명령조로 말했다.

"알겄구만이라, 대장님."

하대치는 가슴이 섬뜩했다. 대장의 태도가 지난밤보다 강해져 있음이 분명했다. 알다가도 모를 일이었다. 아무 죄 없는 식구들이 테러를 당하고 있는데도 대장은 보복에 반대했다.

아침 식사를 마치자마자 네 사람이 둘러앉았다.

"토론은 어젯밤에 충분히 했으니 더 이상 토론하는 건 시간 낭비요. 그러니 지금부터 최종적으로 각자의 의견만을 듣기로 하겠소."

염상진의 말에 숯막 안에는 긴장이 감돌았고, 세 사람은 말이 없었다.

"왜 말들이 없소. 안 동무부터 말해 보시오."

염상진이 안창민을 지목했다. 사리 판단이 빠른 안창민은 이 상황에서 자신이 어떤 태도를 취해야 할지 알 테고, 안창민의 말에 따라 나머지 두 사람의 생각도 달라지리라는 계산이었다. 안창민도 대장이 왜 자신에게 첫 발언을 하게 하는지 잘 알고 있었

다. 안창민의 눈앞에는 늙은 어머니의 모습이 어릿거렸다. 강동식의 말로는 중태라고 했다. 안창민은 그 소식을 듣고 나서부터 밥도 거의 먹지 못했다. 젊은 그들에게 보복을 하러 가려는 것이 아니었다. 다만 어머니가 얼마나 다쳤는지 확인하고 싶을 뿐이었다.

"대장님 말씀대로 보복할 때가 아니라고 생각합니다."

안창민은 이렇게 대답했다. 그러나 속으로는, 어머님 용서하십시오, 하고 말했다.

"좋소. 다음은 하 동무!"

하대치는 아까 본 대장의 태도가 영 께끄름했는데, 안 동무의 말을 듣자 그만 맥이 풀리고 말았다.

"지도 안 동무허고 같은 생각이구만요."

하대치는 강동식 쪽의 왼쪽 볼이 스멀거리는 것 같았다. 강동식은 어젯밤 잠자리에 들기 전에도, 조금 전에 숯막으로 들어서기 전에도 보복하자는 주장을 끝까지 내세우자고 했던 것이다.

"좋소, 마지막으로 강 동무!"

강동식은 어금니를 물었다. 지금 우리가 할 일은 감정에 좌우되는 보복이 아니라 혁명 투쟁을 위한 준비라는 대장의 말을 못 알아듣는 게 아니었다. 그러나 우선 내 피붙이부터 잘살자고 혁명도 하고 고생도 하는 것이지 처자식이 맞아 죽거나 골병이 들면 누구 좋자고 혁명이고 투쟁이고 할 것인가. 강동식은 그 말을 다 쏟아 놓고 싶었지만, 혁명 의식이 약하다고 비판받을 것이 분명해 어금니를 맞물며 참아 냈다.

"다 그런 의견이라면 지도 따라야제라."

강동식은 눈길을 떨군 채 통명스럽게 내뱉었다. 눈앞에 아내의 얼굴과 두 살배기 어린것의 모습이 어릿거렸다.

염상진은 강동식의 마지못한 대답이 거슬렸다. 분명한 자기 의견을 말하라고 달구치려다가 그만두었다. 이런 상황이야말로 인간으로서 겪어 내야 하는 가장 큰 고통이라는 생각 때문이었다.

"좋소, 그 문제는 이것으로 매듭짓도록 합시다. 동지들이 위험을 무릅쓰고 보복을 감행하고자 한 것은 혁명 의지가 그만큼 투철하다는 증거요. 또 그 생각을 이렇게 접을 줄 아는 것도 혁명 전사가 갖춰야 할 냉철함이오. 동지들의 현명한 결정에 박수를 보내는 바이오."

염상진은 박수를 쳤고 하대치, 안창민, 강동식의 순서로 박수를 따라 치기 시작했다. 조직의 힘은 이렇게 만들어지는 것이다. 혁명의 불씨는 이렇게 만들어지는 것이다. 염상진은 박수 소리를 들으며 스스로의 가슴에 그 말을 새기고 있었다.

"대치 자네, 당최 못 믿을 사람 아니라고?"

숯막을 나서자마자 강동식이 내질렀다.

"거 무슨 섭헌 소리여?"

하대치는 이렇게만 말했다.

"나허고 약조혀 놓고, 남자가 어째 그려."

강동식은 얼굴이 벌겋게 달아올라 있었다.

"자네 아부지가 그놈들헌테 맞어 죽었다고 생각해 보소."

"뭣이여?"

하대치가 눈을 치떴다.

"돌아가셨다는 것이 아니라 그럴 수도 있는 일 아니겄냐 그런 말이시."

"나는 돌아가셨다는 말인지 알았구만."

하대치는 막힌 숨을 토했다.

"안 동무 어무님은 돌아가실지도 모르네. 늙은 몸에 그리 무작스럽게 맞었으니. 자네 아부님도 늙으신 몸에 그리 맞었다면 안심헐 수 없고. 자네야 안 봤응께 그렇겄제만, 나는 참느라고 애먹었네. 아니여, 자네 성질 같으면 일 저질렀을 것이네. 두고 보소. 나 혼자서라도 기어코 보복하고 말 것잉께."

강동식은 이를 앙다물었고, 하대치는 묵묵히 듣기만 했다.

그 시각, 염상진과 안창민은 서로 다른 생각에 잠겨 있었다. 염상진은 앞으로의 효과적인 투쟁 방법을 생각하고 있었고, 안창민은 자신이 맡은 사상 학습에 대해 생각하고 있었다.

"학습물 준비는 계획대로 되고 있소?"

염상진이 무겁게 입을 열었다.

"예, 별 차질 없습니다. 그런데 한글 교본 만들 종이를 좀 좋은 것으로 장만했으면 합니다. 오랫동안 돌려 봐야 할 거라서 지질이 나쁘면 곤란할 것 같습니다."

"당연히 그래야지요. 광주로 사람을 보내 구해 옵시다. 다른 건

부족하지 않소?"

"등사잉크나 몇 통 구하면 되겠습니다. 전 그럼 제 일을 하겠습니다."

안창민은 창문 쪽 벽으로 돌아앉았다. 거기에는 등사 기구들이 가지런히 놓여 있었다. 학습 교본을 만드는 도구들이었다. 사범학생이라면 누구나 운동은 물론 그림 그리기, 풍금 치기까지 그야말로 만능이 되어야 했다. 그중에 글씨 쓰기인 습자도 빼놓을 수 없었다. 안창민은 그림 그리기나 글씨 쓰기에 남다른 데가 있었다. 손승호가 글재주가 있다면 안창민은 손재주가 있었다. 그 둘에 비해 염상진이나 김범우는 말재주가 뛰어났다.

염상진은 고개를 박고 엎드려 철필을 긁는 안창민을 물끄러미 바라보며 눈을 감았다. 지나온 날들의 기억이 엉켜들었다. 즐거움보다는 괴로운 기억들이었다. 그러나 후회는 있을 수 없었다.

해방과 함께 지리산을 벗어나 고향으로 돌아가자 자신을 맞이한 것은 기쁨에 넘친 읍민들이었다. 못 먹어 메마르고 억눌림에 찌든 얼굴들에는 밝은 웃음꽃이 피어 있었고, 자신을 대하는 사람들의 눈길에서 신뢰와 반가움을 느낄 수 있었다. 그리고 그들은 무슨 일인가를 어서 해 주기를 기대하면서, 그들 스스로 벌써 그 준비를 갖추고 있었다. 친일파나 일본에 붙어먹은 것들은 모두 몰아내야 한다는 의견 일치를 본 것이 그 증거였다. 자신은 안창민, 손승호 등과 함께 민중들의 그런 요구를 실현하기 위해 군 단위 조직을 만들었다. 그 조직을 통해 동네마다 이장이 바뀌면서 동시에 건준 지부가 결성되었고, 전국 형무소에서 2만여 명의 독립 투쟁자들이 석방되었다는 소식을 뒤따라 김태규 선배를 맞이했고, 읍민들은 열렬한 환영을 보내 독립 투쟁자가 겪은 고통을 영광으로 바꿔 주었다. 조선인민공화국 선포에 따라 건준 지부는 인민위원회로 바뀌면서 새 나라 세우기는 거침없이 진행되었다. 민중들은 인민위원회에 적극적으로 호응했고, 인민위원회의 책임자들은 민중을 위해 헌신했다. 지주나 유지가 인민위원회에 개입한 경우는 김사용 같은 양심적이고 신망 있는 사람에 한했다.

그러나 거침없던 새 나라 세우기는 미군의 점령과 함께 실시된 미 군정의 조선인민공화국 부인으로 깨지기 시작했다. 미 군정의 인공 부인은 혁명적 인민의 나라를 파괴하는 1단계 공작이었다. 그리고 각 지역으로 군정 중대를 파견한 것이 2단계 공작이었고, 그 조직을 이용해 반민족 세력인 친일 경찰과 관리를 불러들인 것이 3단계 공작이었다. 그리고 모든 지역에서 인민위원회를 강제로 해체하기 시작한 것이 4단계 공작이었다. 인민위원회를 해체하기 위해 공산당 활동을 불법화하고 체포를 감행한 것이 5단계 공작이었다.

공산당의 합법 활동은 지하활동으로 전환될 수밖에 없었고, 대부분의 간부들은 감옥에 갇히게 되었다. 염상진도 예외가 아니었다. 감옥에 가서 보니 해방을 맞아 풀려난 독립 투쟁자 3분의 2가 다시 잡혀 들어왔다는 사실을 알게 되었다. 일제 치하에서 경찰질을 해 먹던 자들의 손에 다시 잡혀 들어온 그들의 죄목은, '독립 투쟁자'에서 '공산주의자'로 바뀌었을 뿐이었다.

미 군정의 파괴 공작에 맞서 자신들도 무장투쟁을 강화하지 않을 수 없었다. 미 군정은 남쪽에 미국식 정권을 세우기 위해 혁명 세력 말살을 추진하는 한편으로 강제적 미곡 수매로 인민들을 괴롭혔다. 강제로 시행된 미곡 수매와, 균형을 잃은 배급 제도 때문에 인민은 굶주림에 시달렸고 미 군정에 대한 불만을 키워 갔다. 그 불만이 최초로 폭발한 곳이 화순이었다. 처음 맞이한 해방 기념일에 광부들이 시위를 벌였고, 그들은 자신들의 요구를 관철시키기 위해 광주를 향해 나아갔다. 광부들의 생활 대책을 세워 달라는 그 시위는 미 군정에 대한 인민들의 최초의 도전이면서 미 군정의 경제정책 실패를 보여 주는 최초의 사건이었다. 그 중대성을 알았는지 미 군정은 그들의 관례를 깨고 미군을 직접 내세워 시위 진압에 나섰다. 미군은 기관총으로 무장한 자동차를 동원해 시위자들을 위협하는 한편 설득 작전을 폈다. 곧 요구 조건을 들어주겠으니 기다리라는 것이었다. 시위대는 그 말을 믿고 화순으로 발길을 돌렸다. 그러나 그것이 시위를 막으려는 기만이라는 것이 얼마 가지 않아 드러났다. 군정은 한 달이 지나고, 다시 한 달이 지나도 아무런 해결책을 내놓지 않았다. 굶주림에 지친 광부들은 자신들이 속았다는 것을 알고 다시 들고일어났다. 그 시위는 전보다 사람도 많았고, 움직임도 더 격렬했다. 미군들의 대응도 전보다 훨씬 강경했다. 그들은 탱크까지 동원했다. 10월이 끝나는 날 시작된 미군의 폭력 진압은 그들의 잔인성을 스스로 보여 주었다. 그들은 아무런 무장도 하지 않은 맨몸의 시위 군중을 탱크로 밀어붙이며 총격을 가해 사람들을 죽였던 것이다.

염상진은 주먹을 부르쥐며 자리에서 일어섰다. 더 이상 쓰라린 좌절의 기억 속으로 빠져들 수만은 없었다. 2·7구국투쟁, 단선저지투쟁, 4·3투쟁, 여순투쟁으로 이어지는 아픔과 괴로움은 견디기 어려웠다. 그는 그런 감정에 빠지기보다 내일을 위한 투쟁을 준비해야 한다고 마음을 다잡았다.

플랫폼에는 국회의원 최익승을 전송하러 나온 읍장과 경찰서장을 비롯한 예닐곱 사람이 늘어서 있었다. 최익승은 근엄한 얼굴로 한 사람씩 악수를 해 나갔다.

경찰서장 남인태의 차례가 되었다.

"남 서장, 이번에 수고가 많았어. 남은 일 하나만 잘 처리하라고. 그 수고 잊지 않을 것이니."

최익승은 손아귀에 힘을 주었다.

"명심하겠습니다, 의원 각하."

남인태는 허리를 반으로 꺾었다. 정 사장은 이미 석방했고, 남은 일 하나는 김범우 건이었다.

서너 사람을 거쳐 염상구의 차례가 왔다.

"청년단장, 앞으로 더욱 열심히 해야지."

"예, 백골……. 아니 긍께, 백골……."

아아, 이럴 수가 있는가, 염상구는 몸이 달아 미칠 것만 같았다.

"아니 왜 그러나. 백골이라니."

최익승이 얼굴을 찡그렸다. 염상구는 더 몸이 달아 머릿속이 캄캄해졌다.

"백골, 백골……. 긍께 고것이 지독스럽게 고맙다는 말인디라……."

"백골난망 말인가?"

최익승이 고개를 갸웃하며 물었다.

"맞구만이라, 백골난망!"

염상구는 얼결에 언성을 높였다.

"으어허허허허……."

최익승은 허리를 젖히며 웃어 젖혔다.

"백골난망이라! 그래, 그래, 자네 심정 내가 알아."

최익승은 염상구의 어깨를 툭툭 쳤다. 염상구는 자신의 무식함을 덮어 주고 어깨까지 쳐 주는 최익승이 눈물겹도록 고마웠다. 백골난망 말고도 준비한 말이 또 하나 있었다. 그러나 그 말은 첫 대목 두 자도 생각나지 않았다.

최익승이 떠나고 다들 역을 나섰다. 뒤처져 역전 공터로 나오던 염상구는 손바닥을 맞때렸다. 그때서야 백골난망(白骨難忘) 분골쇄신(粉骨碎身) 여덟 글자가 환히 떠올랐다. 청년단장을 만들어 준 최익승 의원을 전송할 때 쓰려고 일부러 한문을 잘하는 한약방 영감님한테 계란 두 꾸러미를 들고 찾아갔던 것이다. 사정 이야기를 했더니 그런 경우에 꼭 들어맞는 인사말이라며 백골난망 분골쇄신을 한자로 써 주었다. 그 여덟 자 가운데 아는 글자라곤 '백(白)' 자하고 '신(身)' 자뿐이었다. 창피스러운 노릇이지만 어쩔 수 없이 한문 옆에다 한글을 써 달라고 했다. "언문으로 써 달라고?" 영감은 이렇게 물으며 안경 너머로 빤히 보았다. 그 눈이 "요런 무식헌 놈아." 하고 있었다. 염상구는 사무실로 돌아와 영감이 가르쳐 준 대로 '백골난망이옵고 분골쇄신하겠습니다.'를 수십 번 연습했다. 그런데 최익승을 맞닥뜨리자 '백골' 다음은 새까맣게 생각이 나지 않은 것이다.

김범우는 유치장에서 이틀째 아침을 맞았다. 헐어 빠진 일본군 담요 한 장을 걸치고 지새운 밤은 몹시도 춥고 길었다.

"면회는 안 되고 요것만 간신히 통과혔구만이라."

사식과 담배를 유치장까지 가져온 방만복이 말했다. 청년단원인 그는 경찰서에서 합동 근무를 하던 중에 심부름을 하는 모양이었다. 김범우는 누가 면회를 왔냐고 묻지 않았다. 아버지일 게 뻔했다.

"무슨 죄를 지셨간디 서방님을 요리 가둬 두는지……. 제기랄!"

만복이는 조심스럽게 말을 하다가 끝에서 불쑥 감정을 돋우었
다. 자기를 편들어 주는 그 마음이 가슴에 닿아 왔다. 소작인 아
들이 지주 아들을 편드는 것은 보기 어려운 일이었다. 김범우는
거기서 아버지를 느꼈다. 그건 아버지의 삶의 결과이지 자신의
몫은 아니었다.

"근무 중인 모양인데 그만 가 보게."

김범우는 희미하게 웃었다.

"야아, 당최 죄송스러워서……."

만복이는 문 쪽을 살피더니, "서방님, 지가 오늘 밤에 근무허는
디요, 어쩌실라요? 서방님이 맘만 잡수시면 지가 쇠통을 따 드릴
팅께요. 급허면 째고 보는 것이 좋지 않은감요?" 하고 다급하게
말을 해치웠다.

김범우는 가슴이 찡 울렸다. 그러나 더디게 고개를 저었다.

"자네 맘은 고맙네만, 그럴 만큼 큰 죄를 진 게 아니니 걱정 말게."

"……눈치들은 안 그렇든디요."

만복이는 고개를 갸웃했다.

"걱정 말게. 내 죄는 내가 아니까."

김범우는 자신의 죄명이 어떻게 퍼져 있을지 쉽게 짐작이 갔다.

어제 취조를 한 형사부장은 막무가내로 '빨갱이'로 몰아붙였다. 만복이로서는 엄청난 죄로 여겨질 것이었다.

"그럼 경찰이 헛소리허는감요?"

"그런 셈이지."

"워메, 경찰서장이 뭘 믿고 생사람 잡아다가 빨갱이죄를 뒤집어씌울께라? 아주 당당허든디요."

김범우는 그저 고개만 끄덕였다. 경찰서장 뒤에 국회의원이란 거창한 배경이 있으니 당연한 일일 것이었다.

"밤에 추울 턴디, 몸조심허시씨요."

"고맙네. 어서 가 보게."

만복이는 꾸벅 절을 하고는 돌아섰다.

형사부장 장길춘의 몇 마디 취조로 자신이 왜 잡혀 왔는지는 금방 알 수 있었다. 그는 김범우가 최익승에게 한 말을 들추며 추궁하고 들었다. 자신이 최익승의 명령으로 체포되었음은 쉽게 드러났다. 재빨리 그 각본을 짠 최익승의 알량한 솜씨에 김범우는 비웃음이 나왔다. 그리고 스스로의 오판에 혐오를 느꼈다. 당초에 최익승을 찾아가지 말았어야 했다. 그에게서 이성적인 사태 수습을 기대한 것은 어리석은 일이었다. 그가 일본의 패망을 책상을 치며 통곡할 정도로 애석해했던 것처럼, 지주계급을 표적으로 삼는 공산주의를 얼마나 증오하고 있을지는 뻔한 노릇이었다.

일단 최익승의 짓임이 밝혀지자 김범우는 자신의 일에는 신경 쓰지 않았다. 일을 꾸민 최익승의 의도를 알아챌 수 있었기 때문이다. 국회의원의 위세를 보여 주고, 행동을 막자는 이중 목적이라 싶었다. 김범우는 떫게 웃으면서도 그 두 가지 목적 중에 한 가지는 성공했음을 시인할 수밖에 없었다. 조사를 빙자해서 시간을 끌면 며칠 동안은 자신을 유치장에 가둬 둘 수 있는 일이었다.

김범우는 안창민 어머니의 안부와 전 원장이 말한 군인 주둔 문제, 그리고 아버지 생각이 잡다하게 떠올랐다. 특히 안창민의 어머니가 죽을지도 모른다는 불길한 생각을 떼칠 수가 없었다. 으레 불길한 생각이란 무슨 근거가 있는 게 아니라 막연한 예감일 뿐이지만 그 적중률은 의외로 높았다. 칠동에서 한 노인이 죽었다는 말을 들었기 때문에 그런 예감이 드는 것인지도 몰랐다. 어머니가 죽는다면 안창민은 더 극렬한 사회주의자가 될까, 아니면 회의주의자가 될까. 안창민은 염상진에 비해 분명 행동성은 약하다. 그러나 그 약점을 보완하려고 이론 무장은 더 철저하게 되어 있을지도 모른다. 안창민은 염상진보다 더 차갑고 강인하게 변모할 수도 있는 일이었다. 판단이 정확하고 이론이 정연한 그의 머리는 일찍부터 소문이 난 터였다.

안창민의 어머니를 생각하다 보면 어느새 아버지 생각에 빠져 있고는 했다. 자신이 경찰서에 갇힌 사건이 아버지한테 충격이 되었을까 봐 염려스러웠다. 해방, 삼팔선 통행금지, 남북의 이질화, 이런 고비들을 넘기면서 아버지는 표 나게 늙고 탈진해 갔다. 그건 큰아들을 차츰 단념해 가고 있는 고통스러운 인내의 모습이었다. 아버지는 자신을 한시라도 빨리 경찰서에서 끌어내려고 애쓰고 있을 것이다. 아버지를 생각하면 김범우는 자신의 경솔이 더욱 혐오스러워졌다.

이튿날, 아침밥을 먹은 뒤에 순경이 나타났다. 그를 따라 어제 취조를 받은 방으로 갔다.

"날이 쪼깨 추운디 밤새 고생 안 됩디여?"

형사부장 장길춘이 던진 말이었다. 그 말투가 인사말이 아니라 비아냥거림이었다. 김범우는 가소로운 놈이라고 생각하며, 무표정하게 그를 보았다.

"앉으씨요. 오늘은 어지께처럼 뻗대지 말고 신사적으로 혀 봅시다."

또 취조를 할 모양이었다.

김범우는 장길춘의 과거를 잘 알고 있었다. 그는 해방이 되기 직전까지 자신의 집안을 감시한 인물이었다. 범준 형님 때문이었다. 그는 먼발치에서 감시하는 것만이 아니라 뻔뻔하게도 "어르신

네, 문안 여쭐라고 왔구만이라." 하며 집 안으로 들어오기도 했다. 그러던 그는 해방과 함께 햇살을 쬔 안개처럼 어디론지 자취를 감추었다. 그가 다시 나타난 것은 미 군정과 함께였다. 한반도의 해방군이 아니라 점령군의 태도로 남쪽 땅을 장악한 미군은 군정을 실시하면서 치안 유지를 한다는 구실 아래 일제 치하의 경찰이나 앞잡이들을 중심으로 경찰 조직을 다시 짰던 것이다. 미군정의 이러한 처사는 주한 미군 사령관인 하지 중장이 1945년 9월 2일 삐라로 뿌린 첫 포고문에서 "……일본인 및 미 상륙군에 대한 반란 행위를 용납하지 않겠다."고 밝힌 것과 맥이 통하는 것이었다. 포고문에는 조선의 해방을 축하한다는 식의 상투적인 인사한마디 없이 공포 분위기를 조장하는 경고만 늘어놓고 있었다. 어쨌거나 미 군정의 은혜로운 조처에 따라, 단죄받아야 할 고등계 형사나 순사·순사보, 밀정 노릇을 했던 부류들이 다시 권력을 휘두르게 되었다. 그것도 일제 치하에서보다 한두 계급씩 승진까지 된 상태였다. 일본인들이 차고앉았던 높은 자리를 채우다 보니 일어난 현상이었다. 형사부장 장길춘도 그런 과정을 거쳐 재생의 날개를 퍼덕이게 된 인물이었다.

"어지께 밤에 곰곰이 생각혀 봉께로 당신이 자백헌 말이 예삿소리는 아니드란 말이여. 공산당 활동을 헌 자라도 재판을 거치지 않은 처형은 있을 수 없다니. 요것이 정신 제대로 박힌 사람이

헐 소리여? 머리가 돌았거나 빨갱이 사상을 가졌거나 둘 중에 하나일 것인디, 선생질허는 양반이 돌았을 리는 없고, 남은 길은 뻔헌 것 아니것어?"

취조의 시작이었다. 직업적 습관인지 장길춘은 반말을 지껄이며 김범우를 외골목으로 몰고 있었다. 어제의 반복이었다. 김범우는 미동도 하지 않았다.

"아, 말을 물었으면 대답을 혀!"

장길춘은 버럭 소리를 질렀다. 네놈이 같은 소리 되풀이하면 나도 어제와 똑같이 대해 주마. 김범우는 이미 대꾸를 하지 않기로 마음을 정했다. 묵비권 행사가 아니라, 아예 대꾸할 필요를 느끼지 않았다.

"참말로 대답 못허것어?"

장길춘의 말투가 바뀌며 잔인한 느낌이 끼쳐 왔다.

"그려, 정 입을 안 열었다면 입이 짝짝 벌어지게 혀 줄까?"

한층 잔인해진 목소리였다. 고문 솜씨야 이골이 났을 것이다. 그러나 김범우는 책상 위에 내리꽂은 시선을 움직이지 않았다. 네놈이 내 몸에 손을 댈 수는 없으리라는 확신이 있었다. 그리고 만일 고문을 하려 든다면 힘으로 맞서 물리칠 수밖에 없다고 생각했다.

"야 이 새끼야, 귀에 말뚝 박었어? 주둥이 열고 아무 말이나 혀

보란 말이여."

　장길춘이 책상을 내리치며 고함을 질렀다. 순간, 김범우는 피가 머리로 치솟는 것 같았다. 번쩍 고개를 들었다. 김범우의 부릅뜬 눈에서는 불길이 쏟아지고 있었다.

　장길춘은 자신의 실수를 깨달았다. 욕을 하려던 게 아니었다. 어떤 말에도 대꾸가 없는 김범우가 자신을 무시하는 것 같아 상소리를 내뱉고 만 것이다. 장길춘은 김범우의 불타는 눈길을 계속 견뎌 낼 수가 없었다. 그렇다고 눈길을 피할 수도 없는 노릇이었다. 자신의 실수를 깨닫게 되자 자신감이 흔들렸다.

"당신, 그 말 다시 한 번 해 보시오."

마침내 김범우가 입을 열었다.

"내가 실수혔소. 고 말은 취소허겄소."

장길춘은 자신도 모르게 이렇게 말하고 말았다.

이 지경이 되고 말았으니 취조고 뭐고 다 틀린 일이었다. 경찰 체면에 사과를 하다니, 장길춘은 분하기도 하고 창피하기도 하고, 기분이 말이 아니었다.

"서 순경, 서 순경!"

장길춘은 밖에다 대고 소리쳤다. 이내 순경이 나타났다. 그는 턱 끝으로 김범우를 가리켰다.

"유치장으로 델고 가."

처박으란 말이 혀끝까지 밀려 나왔지만, 장길춘은 애써서 '데리고 가.'라는 말로 바꾸었다.

장길춘은 멀어지는 김범우의 뒷모습을 노려보며 그가 예사 종자가 아니라는 것을 실감했다. 제아무리 배짱이 센 인간도 순경에게 붙들릴 때 반 정신이 나가고, 경찰서로 들어서면 온 정신이 나가고, 유치장에서 하룻밤을 새우면 살아날 구멍을 찾아 급급하게 마련이었다. 그러나 김범우는 이틀씩이나 유치장에 갇혀 있으면서도 늦가을 살모사 대가리처럼 독기를 세우고 있었다. 고등계 밀정 노릇부터 시작해서 20여 년 동안 경찰 물을 먹어 온 장길춘으로서는 처음 겪는 일이었다.

장길춘은 서장실로 들어갔다.

"취조는 잘되고 있소?"

경찰서장 남인태는 장길춘이 잠시 쉴 짬을 낸 것이라 생각하고 먼저 말을 걸었다.

"취조고 뭐고 다 재 뿌려 부렀소."

"아니, 무슨 일 났소?"

남인태는 민감한 반응을 보였다. 장길춘은 멈칫 긴장했다. 자신은 예사로 뱉은 말이었는데 남 서장의 태도는 그게 아니었다. 그는 자신의 실수를 털어놓아서는 안 된다고 판단했다.

"일은 무슨 일이겠소. 김범우 고 자식 독허기가 똑 서리 뿌리기 전 독사 같응께 허는 소리제라."

장길춘은 일단 숨 돌릴 겨를을 찾으려고 김범우의 목에다가 말고리를 걸었다.

"그 녀석이 질기면 이쪽은 더 질기게 나가야 되는 것 아니오."

남 서장이 시큰둥하게 말했다.

"근디, 당최 꼬삐를 잡을 수가 있나, 냄새를 맡을 수가 있나, 사람 환장허겠당께요."

"첨에 내가 말하지 않았소. 김범우 그놈은 파김치가 될 때까지 취조하는 수밖에 없다고."

"죄진 놈 잡아다가 죄 캐내자고 족치는 것이 취조인디, 서장님이 매질은 못허게 허시제, 그놈은 주둥이 딱 봉허고 앉었제, 지가 천불이 올라와 어찌 살겄소."

말을 쏟아 놓자 장길춘은 속이 좀 풀리는 것 같았다.

"그러니 부장한테 맡긴 게 아니오. 속상해도 꾹 참고 취조하시오."

"헌디 김범우가 빨갱이는 빨갱일게라?"

장길춘의 물음에 서장 남인태는 가슴이 뜨끔해졌다. 그러나 절대로 내색해서는 안 될 일이었다.

"왜 형사부장이 무혐의라고 보증이라도 서서 내보내 주고 싶소?"

"무, 무슨 말씀을 그리 허씨요. 내가 뭐 땀시 고런 놈 보증을 서라?"

장길춘은 징그러운 물건이라도 집은 듯 허공에 손을 뿌리기까지 했다.

"근디 군인들이 오늘 오는 것이 맞는게라?"

장길춘이 화제를 돌렸다.

"오늘 오긴 오는데, 군인이 아니라 경찰이오."

"군인이 아니고 경찰이라고라?"

장길춘은 자못 놀랐다. 그의 놀란 모습을 보며, 그래도 명색이 경찰이라고 경찰이 파견 나오는 것은 싫은 모양이군, 남인태는 나타나지 않는 웃음을 입술로 웃었다.

"경찰보다야 군인이 화력이 셀 것인디 왜 경찰을 보낼까?"

장길춘은 고개를 갸웃거리며 혼잣말을 했다. 한동안 읍내를 빼앗기고 경찰서까지 적의 손에 태워 먹은 그들에게 그건 확실히 수치였고 자존심을 밟히는 창피였다.

"우리는 그 사람들 작전에 빈틈없이 협조해야 할 것이오."

서장 남인태가 힘없이 말했다.

"근디, 그 사람들이 와서 헐 일이 뭣일께라?"

"거 빨갱이를 잡지 뭘 하겠소."

남인태가 어처구니없다는 표정을 지었다.

"아 빨갱이야 벌써 삼십육계 혔고, 잔당이야 우리가 다 뿌리를 뽑지 않았냐 그런 말 아니요. 빨갱이를 잡자면 산으로 가야제 뭐 먹자고 읍내에 들어오냔 말이제라."

듣고 보니 그 말도 맞다 싶었다. 그러나 남인태는 대꾸하지 않았다. 입을 놀려 봐야 토벌대는 이미 읍내에 들어오게 되어 있었다.

"빨갱이 잡으러 와서 한 놈도 못 잡으면 헛김 빠질 것인디, 김범우를 그 사람들헌테 탁 넘겨주면 어쩌겠소?"

"그건 안 돼!"

남인태는 느닷없이 소리 질렀다. 장길춘은 서장의 서슬에 정신이 퍼뜩 들었다. 그러나 속으로는 남인태를 비웃었다. 니놈도 김씨 문중이 무섭기는 무서운 모양이구나. 김씨 문중에 밉보이면 편히 서장 해 먹기 어려울 것잉게. 헌디 김범우를 빨갱이로 족치는 속셈은 뭘까? 장길춘은 의문의 꼬리를 붙들었다.

"장 부장은 딴생각 말고 취조를 계속하시오."

남인태는 감정을 추스르며 결론 내리듯 말했다.

"취조는 허겠지만 소용없을 것이요. 긍께 그놈이 빨갱이라고 적당히 조서 맹글어 순천으로 넘기면 어떻겄소. 지놈이 좋아허는 재판이나 신물 나게 받게."

순천으로 넘긴다? 남인태의 뇌리에 강하게 박혀 온 말이었다. 그리고 김사용과 최익승의 얼굴이 떠올랐다. 그는 머리가 혼란스러워졌다. 당장 손익계산서가 나올 것 같지 않았다.

"가서 일 보시오."

남인태는 사무적으로 말했다. 장길춘을 내보내고 손익을 차근차근 따져 볼 생각이었다.

장길춘은 자신의 말이 묵살당한 불쾌감만 가지고 돌아설 수밖에 없었다.

장길춘의 말이 남인태의 뇌리에 박혀 온 것은 김사용 영감 때문이었다. 김사용이 남인태를 찾아온 것은 김범우가 체포된 날 오후였다.

"이유가 무어요?"

김사용은 감정의 동요 없이 첫마디를 이렇게 시작했다. 남인태는 그 태도에 위압감을 느꼈다. 그럴수록 겉으로는 태연한 척했다.

"빨갱이를 편드는 발언을 했기 때문에 조사할 필요가 있었습니다."

"용공적 발언이라……. 그게 어떤 말이오?"

"조사 중이니 공개할 수 없습니다."

남인태는 냉정하게 잘랐다.

"공무 수행상의 비밀이라면 어쩌겠소." 김사용은 보일 듯 말 듯 고개를 끄덕이다가 "내 자식 편을 들자는 것이 아니고, 범우는 공산당을 할 리 없소."라고 조용하게 그러나 위엄이 담긴 목소리로 말했다. 그리고 천천히 의자에서 일어났다.

"조사를 해 봐야 알 일입니다."

남인태도 서장의 체면을 최대한으로 내세우며 말했다.

김사용은 더 말하지 않고 경찰서를 나갔다. 당연히 요구하리라 생각했던 면회 신청도 하지 않았다. 잘 부탁한다는 식의 말도 입에 올리지 않았다. 그런 김사용이 자신의 음모를 환히 꿰뚫고 있는 것만 같아 남인태는 꺼림칙했다.

김사용은 끼니때마다 손수 사식을 날라 왔다. 그때마다 묻는 말은 짧은 한마디였다. "결판이 났소?"

기회를 엿보던 남인태는 김사용에게 넌지시 최 의원을 찾아가 보라고 일러 주었다.

"가당찮은 소리요. 조사를 해서 죄를 졌으면 벌을 받는 것이고, 죄가 없으면 풀려나는 것이지 어찌하여 이 일에 최익승을 들먹이는지 모르겠소. 내 자식이 만에 하나 공산당을 했다 하더라도 최익승이를 찾아가지는 않으리다. 국회의원 세도가 얼마나 큰지 모르겠지만."

조용히 말하는 김사용의 얼굴에 엷은 비웃음이 어렸다. 남인태는 가슴이 섬뜩했다. 그건 곧 자신의 음모가 깨져 나가는 낭패감이었다. 김사용의 비웃음은 어떤 타협도 하지 않겠다는 뜻이었다. 남인태는 더 무슨 말을 할 수가 없었다.

최익승의 목적은 김범우를 잡아넣어 며칠 동안 발을 묶어 두는 것보다 그것을 미끼로 김사용을 서울로 끌어 올려 자기 앞에 무릎을 꿇게 하려는 데 있는 것 같았다. 남인태는 그것쯤 쉬운 일이라고 여겼다. 자식을 위기에서 구하려는 부모의 보호 본능을 믿었던 것이다. 부모의 보호 본능이란 자신을 버릴 만큼 강하기 때문에 자식을 위협하는 힘 앞에서는 명분이나 위신 따위는 밤껍질 버리듯 한다는 것을 남인태는 오랜 경험으로 알고 있었다. 독립운동가들 중에서 가장 다루기 쉬운 것이 자식을 둔 자들이었다. 그들을 고문하는 게 아니라 자식을 잡아다가 고문하면 신

효할 정도로 쉽게 자백을 받아 낼 수 있었다. 그다음으로 효과적인 방법이 부모를 고문하는 것이었고, 세 번째가 마누라를 고문하는 방법이었다.

그런데 김사용은 한마디로 최익승을 만나러 가기를 거부해 버렸다. 그건 그만큼 위기감을 느끼지 않는다는 뜻이고, 경찰 힘으로는 자기 자식을 어쩌지 못하고 풀어 놓게 되리라는 자신감의 표현이기도 했다. 남인태는 계획이 빗나간 낭패감을 떼칠 수가 없었다. 최익승을 대할 면목이 없어진 데다가 김범우를 계속 유치장에 가둬 둘 명분도 흔들리고 있었다. 김사용을 서울로 올려 보내지 못한다면 최익승에게 면목이 없는 것으로 끝날 일이 아니었다. 최익승은 출세를 위해 이용해야 할 튼튼한 동아줄이었다. 무슨 일이 있어도 그 줄을 놓칠 수는 없었다. 김사용을 최익승 앞에 무릎 꿇게 만들면 그 동아줄은 사다리로 변할 것이고, 그렇게 하지 못하면 읍내를 빼앗겼던 죄까지 들춰져 올가미로 변할 것이었다. 남인태는 그런 난감한 처지에 빠져 있던 차에 김범우를 순천으로 넘기자는 장길춘의 엉뚱한 말을 들은 것이었다.

순천경찰서로 넘겨 재판을 받게 한다? 남인태는 이 방법을 곱씹으며 손익을 따져 보았다. 순천으로 넘기는 건 어려울 게 없고, 일단 순천으로 넘어가면 사건의 국면이 달라진다. 김사용은 마음이 다급해질 테고, 최익승을 찾아가지 않을 수 없을 것이다.

그렇다, 김범우를 순천으로 넘기자. 남인태는 마침내 결정을 내렸다.

양조장 정현동 사장은 정오가 가까워 읍장의 전화를 받았다.

"정 사장님, 몸은 좀 어떠시오?"

읍장은 예전과 다름없이 친근하게 말했다.

"아 예, 별 탈 없구만요."

정 사장도 예전처럼 격의 없이 대해야 한다고 생각했다. 그러나 마음 한구석에 드리워진 그늘을 금방 걷어 낼 수는 없었다. 그래서 어쩔 수 없이 뜨악한 말투가 흘러나왔다. 자신이 아들 덕에 살았다는 게 경찰서에 갇혀야 할 죄인지 알 수 없었고, 자신의 일을 방관한 읍장이 섭섭하기 이를 데 없었다. 더구나 자신을 유치장에 가둔 남인태에게는 떫고 쓴맛쯤이 아니라 완전히 정나미가 떨어져 버렸다.

"정 사장님, 바쁘지 않으면 남원장에서 점심을 함께하시는 게 어떨까 해서 전화했습니다."

의외의 말이었다. 아니, 의외일 것도 없었다. 경찰서에 잡혀갔다 나오기 전에는 툭하면 점심을 나누었다. 그런데 읍장의 제의를 들으며 이상하게 좋지 않은 예감이 스쳤다.

"실은 누워 있던 참인디, 무슨 특별한 일이 있으신지⋯⋯."

정 사장은 거절의 뜻을 비쳤다. 사실 심신이 괴로워 아침도 깨죽 반 사발로 때우고 다시 누웠던 것이다. 몸도 묵지근했지만 누구를 만날 기분이 아니었다.

"별 탈 없다고 하셨는데, 기분도 바꿀 겸 나오시지요. 그냥 점심 한 끼 먹자는 것이 아니니까요."

어느새 읍장의 말투가 달라져 있었고, 정 사장은 그 자리에 나갈 수밖에 없다는 것을 깨달았다.

"무슨 일 있습니까?"

그러나 정 사장은 금방 그러겠다는 말을 하기가 싫어 이렇게 물었다.

"나와 보시면 압니다. 그럼, 이만 전화 끊겠습니다."

정 사장은 울화가 치솟았다. 읍장의 말은 다소 예의를 갖추었을 뿐 결국은 명령이었다. 흥분으로 흐려진 그의 시야에 큰아들 하섭의 모습이 어른거렸다. 모든 것이 공산당에 미친 그놈 탓이었다.

"다 잊어버리씨요. 무사히 나온 것만도 다행이요. 읍장이나 경찰서장도 따지고 보면 의리를 지킨 것이랑께요. 딴 사람들같이 북국민학교로 끌어가지 않은 것만도 얼마나 마음 쓴 일이요. 거기서 조사받고 죽은 사람이 셀 수 없이 많은디, 요리 무사허게 나오셨으니 뭘 더 바라겠는가요."

아내가 눈물겹게 한 말이었다. 아내의 말은 옳을 수도 있었다.

그러나 어디까지나 자신이 무사히 풀려난 내막을 모르는 경우에만 옳았다. 아내는 자기가 경찰서장에게 준 돈뭉치 때문에 남편이 풀려난 줄로만 알고 있었다. 만약 그랬다면 그보다 더 은혜로운 일이 어디 있겠는가. 그러나 형편은 전혀 그렇지 못했다.

"정 사장을 살려 낼 사람은 국회의원 최익승 각하밖에 없소. 하늘이 정 사장을 돕느라고 지금 그분이 벌교에 내려와 계시오."

남인태가 서장실로 불러 은밀하게 말했을 때, 정 사장은 암울하던 마음에 갑자기 전등이 켜진 느낌이었다.

"허나, 최익승 의원님과 나 사이에 누가 중간 다리를 놓는단 말이오?"

정 사장은 기쁨을 감춘 채 말했다. 남인태가 이렇게 나오는 것은 이미 건네준 돈을 탈 없이 먹어 치우려는 계산임이 분명했다.

"그야 내가 나서야지요. 정 사장을 이런 꼴로 만들어야 하는 내 입장이 너무 괴로운데, 어찌 가만히 있을 수 있겠소. 최 의원 각하께서 정 사장 신원보증만 서면 당장 석방이오. 그것이 아니라면 정 사장은 순천으로 넘겨져 재판을 받아야 하오. 딴 사람들 같으면 어디 재판이고 뭐고 있나요."

정 사장은 등줄기가 서늘해졌다. 다 총살을 시키고 말았지요. 남인태가 생략한 말이 떠올랐던 것이다.

정 사장은 한시라도 빨리 유치장을 빠져나가고 싶었다. 순천으로 넘겨져 재판을 받는다? 상상만으로도 치가 떨리는 일이었다. 재판을 받는 일이 죽는 것보다야 낫겠지만, 유치장에 갇혀 있기도 그리 고통스러운데 또 어디로 간단 말인가. 최익승을 상대하자면 돈이 적잖이 들 테지만 재판을 받는 것에 비하랴. 정 사장은 손발을 잘라 내는 아까움을 참아 내며 큰돈을 쓰기로 작심했다.

그러나 정 사장이 예상했던 큰돈은 최익승 앞에서 '엄청난 재산'으로 둔갑하고 말았다.

"허허허허, 정 사장은 말을 아주 함축성 있게 할 줄 아시는군그래. 은혜를 받으면 보답을 하는 것이 사람의 도리라? 그래 정 사장은 나한테 무엇으로 보답하겠소? 목숨을 구해 줬으니 술도가라도 넘겨주겠소? 어허허허, 정 사장이 떠넘겨도 내가 사양하겠소. 보답이 너무 과하면 폐가 되는 법이니까. 술도가 반 정도라면 혹시 모를까."

정 사장은 정신이 아찔했다. 술도가 반이면 손발을 잘라 내는 큰돈이 아니라 몸통을 토막 내는 엄청난 재산이었다. 그러나 거역하면 보복을 당하게 되어, 자신의 신세는 정말 예측할 수 없게 될 것이었다.

"제 뜻을 받아 주신다니 정말 고맙습니다."

기왕 개 아가리에 처넣는 고깃덩어리였다. 정 사장은 쓰린 속을 감춘 채 머리를 조아렸다.

"어허허허, 그럼 정 사장하고 나하고 동업자가 된 셈인가? 이거 참 묘한 인연을 맺게 됐소."

술도가 반이 날아가는 날벼락이었다. 정 사장은 꺼이꺼이 울고 싶은 충동을 가까스로 참아 냈다.

무사히 풀려나느라 술도가 반이 날아갔다는 사실을 알고도 아내는 다행이라고 할 것인가. 정 사장은 다시 꾸역꾸역 치미는 울화를 씹으며 느리게 일어섰다.

정 사장이 남원장에 도착하니 읍장과 경찰서장을 비롯한 '장' 자 붙은 사람들과 난리통에 죽지 않고 살아남은 유지들은 거의 다 모여 있었다.

"에, 점심을 들기 전에 한 가지 중대사를 결정해야겠습니다. 여러분을 급작스럽게 모신 것은 다름이 아니라 오늘 오후에 도착할 토벌대 때문입니다. 토벌대는 우리 읍내의 치안을 위하고, 도주한 빨갱이들을 소탕하기 위해서 오는 것입니다. 이에 우리 읍에서도 그분들의 노고에 보답하는 뜻으로 후원회를 조직하는 것이 어떨까 합니다. 여러분 의견은 어떠십니까?"

읍장의 말이 끝나자 여기저기서 '좋소.' 소리와 함께 박수가 터졌다.

"됐습니다. 후원회 조직을 결정했습니다. 다음은 후원회장을 추천해 주십시오."

"예, 정현동 사장을 추천합니다."

누군가의 말에 정 사장은 반사적으로 고개를 치켜들었다. 예감이 적중한 탓이었다. 그러나 누가 그 말을 했는지 알 수 없었고, 장내에는 '좋소.' 소리와 박수 소리가 요란하게 엉키고 있었다.

"난 안 되오, 난 안 된다니께!"

정 사장은 벌겋게 달아오른 얼굴로 소리쳤다. 그러나 여기저기서, 사양할 것 없어요, 정 사장이 적임자요, 하는 소리와 계속되는 박수 소리에 정 사장의 외침은 묵살되고 말았다.

정 사장은 참담한 심정으로 고개를 떨구었다. 이미 짜 놓은 각본이었다. 완전히 농락당하는 기분이었다. 감투라면 무엇이나 좋아했었다. 그러나 이 감투는 진정 싫었다. 쓸 감투가 없어 아들을 적으로 삼는 후원회장 감투를 쓸 것인가.

"사상이고 지랄이고 핏줄이 먼저인 것이여."

중얼거리는 정 사장의 흐린 시야에는 하섭의 모습이 어른거리고 있었다. 그는 이삼 일 동안 막연하게 생각했던 그 일을 당장 추진하기로 마음먹었다.

14

까마귀 떼

11월 초순이 저무는데도 계엄령은 풀리지 않았다. 밤마다 이따금씩 울리는 총성이 계엄령이 내려져 있음을 알렸고, 대낮에도 실시되는 검문검색으로 계엄령의 살벌한 얼굴을 대해야 했다. 읍내는 회색빛으로 죽어 있었다. 장날이라고 해야 아침부터 파장 꼴이었고, 철다리 아래 선창에는 배가 얼씬거리지도 못했다. 사람들은 문밖으로 나가기를 저어했고, 어둠살이 퍼지기도 전에 읍내 큰길은 텅 비어 버렸다.

정부는 '여순반란사건 관련자 89명이 11월 1일 사형을 당했다.'는 사실을 신문에 보도했다. 그것으로 그 사건이 일단락되었음을 알린 것이었다. 그러나 현지 사람들은 그 보도에 전혀 관심을 돌리지 않았다. 그들의 눈앞에서는 엄연히 사건이 진행되고 있었으며, 무수한 주검을 목격하고 있는 그들에게 '89명 사형'이란 아무런 충격일 수가 없었다.

날이 지날수록 이곳저곳의 소문들이 꼬리를 달고 은밀하게 퍼지고 있었다. 여수의 소문이 순천에서 벌교를 거쳐 화순으로 넘어갔고, 광양의 소문이 순천을 거쳐 벌교로 와 고흥으로 이어졌고, 고흥의 소문이 벌교의 소문과 합해져 순천에서 광양과 여수로 퍼져 나갔다. 그 소문은 거의가 군경의 좌익 색출과 처단에 관한 것이었고, 반란군의 움직임에 대한 것이 드문드문 섞여 있었다. 그 소문들에는 하나같이 피 냄새가 묻어 있었다. 특히 여수와 순천의 소식은 끔찍스러웠다.

여수읍민들과 순천읍민들은 우익들을 빼놓고 모두가 학교 운동장으로 끌려가 심사를 받는다고 했다. 눈을 가린 채 실시되는 그 심사는 손가락질로 좌익을 가려내는 것이었고, 거기서 지목당한 사람들은 다시 몇 마디씩 조사를 받았다. 그 간단한 조사에서 생사가 결판났다. 손가락질은 이장이나 피해자 가족들이 맡았다. 확실한 좌익으로 지목된 사람들은 간단한 조사마저 없이 수많은 사람들이 지켜보는 가운데 몽둥이에 맞아 죽거나 대창에 찔려 죽었다. 조사를 거쳐 좌익 혐의를 받은 사람들은 삼사십 명씩 차에 실려 가까운 산골짜기나 해변으로 끌려가 무더기로 총살당했다. 순천에서 죽어 간 사람들도 많았지만 여수에서 죽어 간 사람들은 그 수를 알 수 없을 지경이라고 했다.

여수에서는 학생들이 많이 죽었다. 14연대 주력은 후퇴하면서 동조자들에게 함께 가자고 권유했다. 그때 일반인들은 거의가 따라나섰지만 학생들은 얼마 따라가지 않았다. 학생들이 따라가려 해도 부모들이 말리는 경우가 많았다. 그까짓 만세 좀 불렀다고 어쩌겠느냐, 그까짓 삐라 좀 뿌린 게 무슨 큰 죄겠느냐, 하며 자식들을 붙들어 앉힌 것이다. 그런 학생이 한둘이 아닌 데다가 설마 '학생'을 처벌하겠느냐는 생각이었다. 그러나 군경은 학생도 처벌에 예외를 두지 않았다. 만성리 해수욕장 뒤 골짜기로 끌려간 학생들은 줄줄이 총살당했다. 기관총의 난사 앞에서 시체들은 차곡차곡 쌓였고, 그 수는 수백을 헤아렸다. 물론 거기에는 학생들만 있는 것이 아니었고, 사람들이 죽어 가는 장소도 그곳만이 아니었다. 배에 실려 가 허리에 맷돌이며 돌을 매단 채 바다로 떠밀려 죽어 갔고, 심사를 받는 학교 운동장에서도 죽어 갔다.

하대치는 강동식을 찾아다녔다. 그가 눈에 띄지 않자 좋지 않은 생각이 들었다. 설마 대장의 명령을 어기려고, 하면서도 한번 떠오른 좋지 않은 생각은 마음을 다급하게 만들었다.

"강동식 동무 못 봤소?"

"아까 점심때까지 있었는디요. 그 후로 못 봤구만이라. 대장님

심부름 갔겄제라."

그럴지도 모르겠다 싶었다. 그러나 일단 확인할 필요가 있었다. 하대치는 숯막으로 발길을 서둘렀다.

"대장님, 강 동무헌테 무슨 명령 내리셨는게라?"

"아니오, 무슨 일 생겼소?"

염상진은 민감한 반응을 보였다.

"아무리 찾아도 안 뵈는구만이라."

염상진의 눈빛이 예리하게 빛났다.

"행여 명령 어기고 읍내에 간 것이 아닌가 허는 생각이 드는디 요……."

"그랬을지도 몰라!"

염상진이 벌떡 일어났다.

"전원 집합시키시오. 인원 파악을 할 테니까."

염상진이 굳어진 얼굴로 명령했다.

인원 파악은 삽시간에 끝났고, 하대치의 예감은 적중했다. 없는 인원은 셋이었고, 총도 세 자루가 없었다. 강동식·배성오·오수길이었다. 강동식이 자기 조원 배성오와 오수길을 데리고 읍내 침투를 감행했음을 추리하기는 어려운 일이 아니었다.

"하 동무, 각 조에 두 명씩, 여섯 명을 차출하시오."

마침내 염상진이 명령했다. 하대치가 신속하게 대열 속을 누비며 손가락질을 해 나갔다.

"어떻게 하시려구요?"

안창민이 염상진에게 물었다.

"강동식이 읍내로 침투하는 것을 막아야 하고, 우리가 늦어 그일에 실패하면, 강동식 조가 당할지 모를 위험을 막아야 하오."

염상진의 목소리는 땅에 흩어져 있는 낙엽처럼 메마르고 딱딱했다.

"대장님, 인원 차출 끝냈습니다!"

하대치가 보고하자 30여 명 사이에 얼음살 같은 긴장이 감돌았다. 염상진이 바람을 일으키듯 대원들 쪽으로 돌아섰다.

"동무들! 나와 안 동무, 하 동무, 그리고 여섯 조원이 작전을 나가는 동안 나머지 동무들은 추호도 흔들림 없이 여기를 지켜 주기 바라오. 이상."

말을 마친 염상진은 하대치에게 명령했다.

"하 동무, 전원 총으로 무장하고 활동 준비!"

"알겠습니다!"

하대치가 또 거수경례를 붙였다.

염상진은 권총을 차며 부드득 이빨을 갈았다. 시뻘건 대낮에 총을 들고 설치는 어리석은 작자, 감정을 억제할 줄 모르는 반혁명적인 작자, 그는 마땅히 총살감이었다. 그 작자 때문에 아홉 명이 대낮에 총을 들고 나선다는 것을 염상진은 견딜 수가 없었다.

"강동식 조는 오금재에서 날이 어두워지기를 기다릴 것이오. 그들을 따라잡기 위해 오금재까지 속보 행군을 하겠소. 모두 단단히 각오하도록!"

염상진은 말을 하면서도 강동식이 제발 오금재에 오래 머물기를 빌었다.

안창민은 이마에 손차양을 만들어 해를 가늠해 보며 염상진의 계획은 실패하기 쉬울 것이라고 생각했다. 해가 이미 너무 기운 탓이었다. 어차피 읍내 침투는 피하기 어려울 것 같았다.

사람들의 눈을 피해 길도 없는 숲을 헤치는 강행군이 시작되었다. 염상진이 진로를 잡았고, 하대치가 후미를 맡았다. 길을 헤치

는 염상진은 마치 성난 짐승처럼 앞으로 내달았다. 대열은 마치 앞에 선 염상진에게 끌리고, 뒤에 선 하대치에게 밀려 움직이는 것 같았다.

그들이 오금재에 다다른 때는 먹빛 어둠이 진을 친 다음이었다.

"조별로 흩어져 찾아보도록!"

염상진이 거친 숨결을 내뿜으며 명령했다. 그러나 그 명령이 한 숨처럼 들린 것은 숨결이 거칠어서가 아니었다. 시간에 쫓길 강동 식이 어둠이 내렸는데도 오금재에 웅크리고 있을 리 없었다. 그러면서도 수색 명령을 내린 것은 행여나 하는 미련 때문이었다.

"대장님, 없구만이라."

하대치의 보고였다. 잇따라 들어온 두 조의 보고도 마찬가지였다.

"좋소, 지금부터 행동을 개시하겠소. 나는 강 동무를 맡겠소. 하 동무는 안 동무 조와 함께 행동하시오. 안 동무는 모친의 상태를 확인하는 즉시 이 지점으로 돌아오시오. 하 동무는 철저히 안 동무를 돕도록 하시오. 그리고 절대로 충돌을 피하시오. 우리의 목적은 강 동무의 행위를 저지하는 것이니까. 출발!"

염상진은 앞장섰다.

하대치는 별로 기분이 좋지 않았다. 대장이 자신을 빼놓고 안 창민에게만 집에 들르게 할 줄은 몰랐다. 명령이니까 듣는 도리

밖에 없지만 그래도 마음 한구석에는 차별 받는 것 같아 서운함이 괴었다. 테러는 안창민의 모친뿐만 아니라 산으로 피신한 모든 동지들의 집이 당한 일이었다. 그때 하대치의 머리를 스치는 생각이 있었다. 대장의 집이라고 무사할 리가 없을 터인데 대장은 서슴없이 강동식을 찾아 나선 것이다. 하대치는 자신의 속 좁음을 뉘우쳤다. 안창민을 집에 보내는 것은, 현장을 확인한 강동식이 안창민 모친의 생명이 위독할지도 모른다는 말을 전했으므로 그런 것이라고 넓게 생각했다.

"여기서 헤어지겠소. 경비가 심할 테니 조심하도록."

염상진은 낙안벌이 펼쳐지는 옥산 입구에 이르러 두 명의 부하를 데리고 왼쪽으로 방향을 꺾었다. 이제 염상진의 목적은 강동식이 집에 도착하기 전에 따라잡는 것이었다. 그 발걸음은 오금재를 향해 걸을 때보다 더 빨랐다. 경계가 필요 없다면 뛰고 싶은 것이 염상진의 심정이었다.

회정리 1구를 지나 3구로 넘어가는 분기점인 도래등에 가까워질 무렵이었다. 탕— 총성이 울렸다. 염상진은 걸음을 멈추며 총성이 울린 쪽으로 홱 몸을 돌렸다. 읍내 쪽이었다. 머릿속에 안창민과 하대치가 어지럽게 엇갈렸다.

탕, 타당, 탕, 탕⋯⋯.

연이어 총성이 어둠을 찢기 시작했다. 접전이 벌어지고 있음이 분명했다. 불길한 예감이 현실로 나타난 것이다.

"읍내로 방향을 바꾼다."

염상진의 목소리가 뜨거웠다.

"워쩐 총소릴께라?"

어둠 속에서 두려움에 찬 목소리가 울렸다.

"안 동무네 조가 공격을 받고 있는 것이오. 정신 똑바로 차리고 내 뒤를 따르시오."

염상진은 권총을 뽑아 들었다. 머릿속이 싸늘하게 식으며 맑아졌다. 위기에 빠질 때마다 일어나는 현상이었다. 안창민네 집……, 청년단의 위치……, 경찰서……, 소화다리……, 염상진의 머릿속에는 순식간에 읍내의 지도가 그려지고 있었다.

"갑시다, 지금부터 계속 뛰겠소!"

염상진이 신작로 쪽으로 방향을 잡으며 부하들에게 일렀다.

탕, 탕탕, 탕……. 총성은 어지럽게 밤하늘을 찢었고, 세 사람이 내달리는 신작로에는 사람의 자취라고는 없었다.

"갈기시오, 저쪽을 보고 갈겨!"

소화다리에 도착한 염상진은 두 부하에게 명령했다. 두 부하는 어둠 저편 읍내 쪽으로 총을 쏘기 시작했다. 유인작전과 교란작전을 겸한 것이었다. 아무리 상황이 급박해도 소화다리를 건널 수는 없었다. 일단 소화다리를 건너면 퇴로가 막힐 위험이 있었다.

"총알 아끼지 말고 계속 갈기시오!"

염상진은 다시 명령했다. 이쪽에서 총질을 하면 안창민네로 쏠렸던 적의 화력이 분산될 것이었다.

타당, 탕 탕탕, 탕……

예리한 총성은 계속 어둠을 칼질하고 있었다.

"……!"

염상진은 신경을 곤두세웠다. 다리 건너편에서 총성이 울린 것이다. 예상대로 적의 병력이 분산된 것이었다.

"뒤로 천천히 물러나면서 계속 갈기시오. 겁내지 말고."

염상진은 두 부하를 독려하며 권총의 방아쇠를 당겼다. 하나라도 더 많은 총성이 필요했다. 그들은 방아쇠를 당기면서 천천히 물러섰다. 적들이 다리를 건너오는 것 같지는 않았다. 하지만 적들은 얼마든지 기만전술을 쓸 가능성이 있었다. 몇 명만 다리 건너편에서 총을 쏘게 하고, 주력 병력은 포구를 건너게 하면 꼼짝없이 당하고 마는 것이었다. 적들은 이미 병력을 우회시키고 있을지도 몰랐다.

"자, 지금부터 후퇴요. 사격 중지!"

염상진이 명령을 내렸다. 신작로를 따라가다가 샛길을 타면 그 뒷산이 제석산 줄기로 이어졌다. 적들이 경계를 펴며 소화다리를 건너오는 사이에 뒷산까지는 피할 수 있을 것 같았다.

염상진 일행이 뒷산에 도착해 잠시 숨길을 돌릴 때까지도 총성은 이어지고 있었다. 염상진은 그 총성 속에 자기 부하들이 쏘는 것은 없기를 바랐다. 부하들은 이미 민첩하게 물러났고, 뒤늦게 적들이 갈겨 대는 총성이라고 믿고 싶었다.

염상진은 서너 시간을 걸은 끝에 오금재에 이르렀다. 이미 염상진마저 기진맥진해 있었다.

아무리 기다려도 부하들은 나타나지 않았다. 산중 추위 속에 웅크리고 앉은 두 부하는 자꾸만 시름시름 졸았다. 염상진은 아지트로 돌아가기로 결정했다. 두 부하를 독려해 가며, 개울물을 마셔 가며 걷고 또 걸었다. 추수기가 다 지나 버려 산간 밭뙈기에는 무 하나 박혀 있지 않았다. 염상진이 숯막에 다다른 것은 먼동이 틀 무렵이었다.

"대장님, 안 동무가 당혔구만이라."

염상진의 정수리를 친 말이었다. 하대치의 울먹이는 얼굴이 바로 눈앞에 있었다.

15

기습이다!

"이보시오, 남 서장. 이래도 당신 말을 믿어야 되겠소!"

한 남자가 거칠게 유리문을 밀치고 들어와 내질렀다. 남인태는 당황한 빛을 드러냈다.

"왜 대답을 못하시오. 말에 대한 책임을 져야 할 것 아니오."

전투복 차림에 권총을 찬 남자가 위압적으로 말했다.

"이거 참, 면목 없게 됐소."

남 서장은 어색하게 웃으며 입을 열었다. 그 웃음이 더없이 비굴해 보였다.

"면목 없다는 말로 해결될 문제요? 이건 직무 태만을 저질렀기 때문에 발생한 사태요."

남자의 태도는 점점 강경해지고 있었다. 직무 태만? 남 서장은 간신히 억누르고 있던 감정이 불끈 곤두섰다. 건방진 자식, 계급도 낮은 놈이 감히 어디다 대고……. 그러나 남 서장은 곤두선 감정의 줄기를 부러뜨렸다. 도저히 참을 수 없는 모독이지만, 그는 계엄지구에 파견된 '토벌대장'이었다. 계엄령 상황에서 그의 권한은 계급에 앞서는 것이었다.

"무슨 말을 그리 막 하시오."

감정을 자제하느라 남 서장의 말은 야간 떨러 나왔다.

"왜, 듣기 싫소? 그런 말 안 들으려면 어제 내가 말한 대로 했어야 했소. 당신은 빨갱이 잔당은 다 처치했으니 안심해도 좋다고 장담하지 않았소. 그런데 하루 만에 빨갱이들이 읍내까지 치고 들어오지 않았느냔 말이오. 우리가 온 지 하루 만에 그 새끼들이 치고 들어온 건 우리 쪽 정보가 잔당들을 통해서 속속들이 빠져나갔기 때문이오. 그 새끼들은 오늘 밤 우리가 한잔한다는 것까지 환히 알고 기습을 해 온 것이오. 어째, 내 말이 틀렸소?"

토벌대장 임만수는 턱을 치켜들고 남인태 서장을 깔아 보며 말했다. 남 서장은 입을 꾹 다문 채, 빌어먹을 놈의 땅, 어서 뜨고 말아야지, 하는 생각을 굳히고 있었다. 해방이 되고 빨갱이가 소란을 피우지 않은 곳이 없지만, 그래도 좀 덜한 지역으로 자리를 옮기는 게 그의 희망이었다. 그는 그 희망이 이루어질 날이 멀지 않았다는 계산을 하고 있었고, 그때까지는 어떤 충돌도 피하고 싶었다.

"임 대장, 선제공격을 당한 기분이 어떤지 잘 알아요. 허나 그놈들을 가볍게 물리쳤으니 앞으로의 대책이나 논의하는 게 좋지 않겠소."

남 서장은 한발 비켜서는 기분으로 말머리를 돌렸다.

"누구 맘대로 그 새끼들을 물리쳤다는 거요. 그놈들이 총질만 안 할 뿐이지 이 캄캄한 어둠 속 어디에 박혔는지 알 게 뭐요. 그러다가, 바로 당신처럼 방심하는 새에 다시 뒤통수를 치고 들지 말란 법이 어딨소. 그게 바로 빨갱이 새끼들의 곤조통이오. 그것도 제대로 모르면서 서장 자리를 차고앉았으니 읍내를 뺏기고 경찰서를 불태워 먹은 것이란 말요. 오늘 같은 기습 공격이나 당하고."

"뭣이 어쩌고 어째!"

남인태가 소리치며 토벌대장의 멱살을 잡은 건 순식간의 일이었다.

"요런 피래미 같은 새끼가!"

토벌대장이 남 서장의 팔을 후려치며 내뱉었다. 그러나 남 서장의 손은 그대로 토벌대장의 멱살을 틀어쥐고 있었다.

"요런 개새끼를 그냥!"

　토벌대장이 느닷없이 권총을 뽑아 들었다. 처음부터 이러지도 저러지도 못하고 있던 형사부장 장길춘은 그때서야 정신이 번쩍 들었다. 아무리 상급자의 다툼이라고 하지만 보고만 있을 단계가 아니었다.

　"왜들 이러십니까. 진정들 허시씨요."

　장길춘이 두 사람을 뜯어말리자 다른 세 순경도 합세했다. 두 사람은 곧 사이를 두고 벌어졌다.

　"건방진 자식, 말이면 다 말인 줄 알고 주둥아릴 놀려!"

남 서장은 등줄기에 식은땀이 쭉 흘러내렸지만 소리만은 높게 질러 댔다. 기왕 내친걸음이었고 부하들 앞에서 체면 유지도 필요했다.

"저 병신 같은 새낄 그냥, 빨갱이한테 쫓겨 삼십육계 놓은 새끼가 뻔뻔스럽게 서장 자리 차고앉아서……. 저런 새낀 그냥 한 방에 콱 쏴 죽이고 말아야 해."

토벌대장은 두 사람에게 붙들린 채 숨을 씨근덕거리고 있었다.

"대장님, 미우나 고우나 힘을 합쳐야 쓰는디 이래서야 쓰겄는게라. 미운 것이야 빨갱이들이제 우리끼리 싸울 일이 뭐 있간디요."

장길춘은 토벌대장에게 굽실거리며 담배를 권했다. 토벌대장 임만수는 마지못한 척 담배를 뽑아 들었다. 이만하면 자신의 위력을 과시하고 서장의 기를 꺾었다고 계산했던 것이다.

"서장님도 담배 한 대 태우시고 오늘 일은 다 잊으씨요. 다 빨갱이 놈들 때문에 생긴 일잉께요."

장길춘은 모든 잘못을 빨갱이한테 떠넘기며 남 서장에게도 담배를 권했다. 남인태도 못 이기는 척 담배를 뽑았다. 그만하면 부하들 앞에서 체면을 세웠고 토벌대장에게도 배짱을 내보인 것으로 계산했다.

"내일부터 당장 빨갱이 색출에 들어갈 테니 남 서장은 일절 간섭하지 마시오."

토벌대장이 단호하게 말했다.

"좋도록 하시오."

남 서장은 비아냥거리는 투로 대꾸했다.

"토벌대는 오늘 밤 철야 비상근무에 들어갈 테니까 본서 경찰도 이에 따라 주시오."

"좋도록 하시오."

두 사람 사이에는 잠시 침묵이 흘렀다. 어디선가 따앙— 총소리가 긴 꼬리를 끌었다. 토벌대장이 경찰서로 들어설 때만 해도 산발적으로 이어지던 총성이 이제 거의 울리지 않았다.

"가자, 본대로."

토벌대장이 돌아섰다. 옆에 서 있던 부하가 황급히 뒤를 따랐다.

"자식이 생긴 대로 영판 느자구가 없구만이라. 지가 얼마나 갈라고 남의 땅에 와서 저리 설레발을 칠께라?"

토벌대장이 나가자 장길춘은 남 서장의 비위를 맞췄다.

"내버려 두시오. 우린 굿이나 보며 떡만 먹으면 되니까. 이봐, 서 순경, 청년단에 전화 걸어."

남 서장이 자리에서 일어섰다. 그때까지도 토벌대장의 말이 머릿속에 그대로 남아 있었다. 잔당의 정보 제공에 의한 기습 공격……. 그 판단을 부정할 만한 근거는 없었다. 우연의 일치라고 말한다면 치사한 변명이 될 뿐이었다. 도대체 잔당은 누구고 읍내에 얼마나 박혀 있을까. 생각할수록 답답한 일이었다. 그동안 잔당의 뿌리를 뽑으려고 가혹하리만큼 수사를 폈다. 그러나 머릿속에 들어 있는 사상이라는 것은 눈에 보이지도 손에 잡히지도 않았다. 티 나게 설친 놈들은 거의가 도망가 버렸고, 어지간히 냄새를 피운다 싶은 놈들은 가차 없이 처단했다. 그런데도 또 잔당이 남아 있단 말인가. 그만큼 본때를 보였으면 정나미가 떨어질 만도 한데 아직도 세포 노릇을 하는 놈들은 도대체 어떻게 생겨 먹은 인종들일까. 그놈의 공산주의는 아편치고도 지독스런 아편임이 분명했다. 한번 빠져들었다 하면 목숨을 내거는 것이다. "빨갱이 사상도 말처럼만 된다면야 어디 나쁠 것 있겠디야. 땅 골고루 나눠 갖고 다 같이 잘사는 세상 맹근다는디." 명색이 경찰서장의 아버지가 한 말이었다. 남인태는 이 대목에서 착잡한 심정이 되고는 했다. 경찰서장의 아버지가 그리 솔깃해하는데 가난한 농민들이야 오죽하랴 싶었다.

"서장님, 청년단장 나왔습니다."

남 서장은 어둠이 가득 찬 창가에서 무거운 몸놀림으로 돌아섰다.

"그쪽 상황은 어찌 되고 있소?"

"상황이고 뭐고 있간디요. 빨갱이 새끼들이 똥줄 빠지게 삼십육계 혀부렀지요."

수화기 속에서 울리는 염상구의 목소리는 자신만만했다.

"그리 장담할 일이 아니오. 어둠 속에 잠복해 있다가 반격해 올지도 모를 일이니까."

말을 뱉어 놓고 나서 남 서장은 찔끔해서 주위를 살폈다. 그건 자신의 말이 아니라 토벌대장의 말이었다.

"금메 말이요, 쪼깐 있어 봅시다……."

염상구는 민감하게 반응했다.

"그래 허는 말인데, 오늘 밤 청년단도 철야 근무를 하도록 하시오."

"철야 근무야 밥 먹듯이 허는 일잉께 어려울 것 없는디, 그놈들이 잠복해 있다가 또 지랄헐지 모른다는 것은 너무 겁먹은 소리 아닐랑가요?"

"이보시오, 청년단장! 말조심해!"

남 서장은 토벌대장과 다툰 뒤의 꺼림칙한 감정의 찌꺼기를 '겁먹은 소리'라는 말에 걸어 폭발시켰다.

"서장님, 지가 주둥이 잘못 놀렸구만이라. 지 말은 고런 뜻이 아니고라……."

염상구의 전화기에다 대고 꾸벅꾸벅 절이라도 하는 듯했다.

"잘못을 알았으면 됐소. 그런데 토벌대장한테서는 무슨 연락이 있었소?"

"아무 연락도 없었는디요."

"알았소. 혹시 연락이 갈지도 모르니 염 단장은 책임질 수 없는 말은 일절 하지 마시오."

남 서장은 일부러 '염 단장'이라고 불렀다.

"하면이라. 그 사람이야 우리 사람이 아닌께요."

염상구는 눈치 빠르게 반응해 왔다.

"됐소. 나도 철야 근무를 할 테니 긴급사태가 발생하면 곧바로 연락하시오."

남 서장은 일방적으로 전화를 끊고 의자에 몸을 부렸다. 서너 잔을 하다 만 술기운이 아직 떨떠름하게 남아 있었다. 지 놈이 무슨 애국자라고 설쳐, 설치긴. 지 놈이나 나나 순경질 해 먹는 처지에. 남 서장은 쓴웃음을 입가에 물었다. 남원장에서 술을 마시며 희물거리던 토벌대장 임만수의 얼굴이 떠올랐다. 유난히 좁은 이마에 콧잔등이 심하게 꺼져 있어서 콧구멍이 흉할 만큼 커 보였고, 움푹 들어간 눈의 흰자위에는 핏기가 서려 있었다. 어딘지 모르게 잔인스러운 냄새가 풍겼다. 어제 그를 처음 보면서, 네놈도 못된 짓깨나 했겠구나, 하는 느낌이었다.

"보아하니 예사 사람이 아니겠소."

소대 병력인 그들의 여장을 남도여관에 풀게 하고 사무실로 돌아서는 길에 읍장이 한 말이었다.

"글쎄요……."

남 서장은 어물거릴 수밖에 없었다.

"그저 편안해야 할 텐데……."

읍장이 혼잣말처럼 중얼거렸다. 읍장이나 자신이나 더 이상의 불상사 없이 정상으로 돌아가기를 바라는 마음은 똑같았다. 지금 읍내 사정은 최고로 악화되어 있었다. 계엄령에 따른 여러 가지 생활의 불편은 말할 것도 없고, 그보다 더 염려스러운 것은 흉흉해진 인심이었다. 좌익 처형으로 초상이 나지 않은 마을이 없고, 그에 따라 민심은 금이 갈 대로 가 있었다. 읍장도 그 점에 신경을 쓰지 않을 리 없었고, 토벌대 주둔으로 민심이 더 흉흉해질지 모른다고 염려하고 있었다. 그 염려는 바로 현실로 나타났다.

"내일부터 대대적인 빨갱이 소탕 작전에 들어가겠소. 작전은 두 가지인데, 첫째는 도주한 빨갱이를 잡는 일이고, 둘째는 숨어 있는 빨갱이를 찾아내는 일이오. 우리가 먼저 할 일은 도주한 빨갱이들을 잡는 게 아니라, 두더지처럼 숨어 있는 빨갱이들을 찾아내는 일이오. 발밑에 숨어 있는 세포들의 뿌리를 완전히 도려내지 않고는 도망친 빨갱이도 소탕할 수가 없소. 자, 빨갱이들 명단을 넘기시오."

토벌대장은 하룻밤도 쉴 여유 없이 닦치고 들었다.

"도착하자마자 그리 열의를 보여 주시니 우리는 그저 마음 든

든할 뿐입니다."

읍장은 달차근한 말을 늘어놓으면서 남 서장에게 눈짓을 했다.

"임 대장의 계획이 백번 옳습니다. 현지 경찰도 적극 지원해야지요. 그런데 작전에 성공하려면 현지 사정도 파악해야 하고, 먼길을 온 대원들의 사기도 올려야 하니 이삼 일 여유를 갖는 것이 어떨까 합니다."

남 서장은 읍장과 계획한 대로 이야기의 방향을 틀었다.

"예, 쇠뿔을 단김에 빼는 것도 좋지만 너무 서두르다 보면 설뻴수도 있지요. 더구나 휴식 없이 작전을 밀어붙이다 보면 부하들의 불평을 살 염려도 없지 않지요. 아랫것들이 어디 꼭 윗사람 뜻대로 따라 주던가요. 눈앞에서나 그러는 척할 뿐 돌아서면 불평하는 것들 아닙니까. 더구나 임 대장이 하는 일은 생명에 위험이 따르는 것 아닌가요. 그럴수록 단합을 잘해야 하는데, 자칫 무슨 문제가 생길 수도 있는 일 아니겠소. 그러니 남 서장님 의견을 참작하는 것도 나쁘지 않을 것 같은데요."

읍장은 노회한 눈빛을 빛냈다.

"글쎄요, 나도 그 점은 항상 신경 쓰고 있습니다."

토벌대장 임만수의 얼굴에 가득 찼던 단호함은 어느새 망설임으로 바뀌어 있었다.

"이삼 일 여유를 가지면 작전을 치밀하게 짤 수 있고, 충분한

휴식으로 대원들 사기도 높일 수 있습니다."

남 서장은 마무리를 짓듯 말했다.

"허나 빨갱이 잔당들이 들끓고 있는 판국에 이삼 일은 너무 길어요."

토벌대장의 얼굴에는 처음의 단호함이 다시 자리를 잡았다.

"임 대장, 그 점은 염려할 거 없소. 내 비록 일시적으로 읍내를 뺏기긴 했소만, 다시 찾고 나서 빈손 흔들며 논 줄 아쇼? 나도 경찰서장으로서 내 할 일은 다했소. 내가 빨갱이 잔당을 어떻게 쓸었는지 읍장님한테 여쭤 보시오."

남 서장은 강경하게 말했다. 그만큼 잔당 색출 작업에는 자신이 있었다.

"남 서장님은 그 일을 가차 없이 해냈지요. 인정사정없이 뿌리를 뽑았어요."

읍장은 토벌대장의 얼굴을 똑바로 보며 말했다.

"잔당의 뿌리를 뽑았다면 잔당이 하나도 없다는 말인데, 읍장님이 자신할 수 있습니까?"

토벌대장이 도전적으로 물었다.

"그 점에 대해선 남 서장께서 대답하시는 게 어떻겠소."

읍장은 능란하게 대답을 떠넘겼다.

"도주한 빨갱이들이 다시 세포를 만들지 않는 한 잔당의 뿌리는 완전히 뽑혔다고 봐도 좋소."

남 서장은 자신만만하게 말했다.

"그 말 믿어도 좋소?"

토벌대장이 푹 꺼진 콧잔등을 찡그리며 물었다. 남 서장은 왈칵 울화가 치솟았다.

"못 믿겠으면 안 믿어도 좋소."

"아, 기분 나빠하실 건 없습니다. 확실하게 하고 싶어서 그런 거니까요. 내가 할 일을 서장님이 대신 마치셨다면 내가 감사를 드려야지요. 그럼 이삼 일 푹 쉬면서 작전을 의논하도록 하지요."

토벌대장은 태도를 누그러뜨렸다.

이렇게 토벌대장의 성급한 행동에 제동을 걸었고, 오늘 밤 '남원장'에서 첫 술판을 벌인 것이었다.

사복을 입긴 했지만 토벌대장 임만수는 술상을 받으며 딱딱한 태도였다. 모두 처음 대하는 얼굴인 데다가 그가 맡고 있는 임무를 생각하면 그럴 만도 했다. 그러나 술이라는 것은 역시 쓸 만한 음식이었다. 술잔이 서너 순배 돌면서 술자리는 흐물흐물 풀리기 시작했고 임만수도 곧 허물어졌다.

"경월이, 임 대장님헌테 소리 한 자락 들려 드려라."

염상구의 말에 사람들이 박수를 쳤고, 경월이는 기다렸다는 듯 발딱 일어섰다.

경월이는 〈춘향가〉 중에서 춘향이가 곤장 맞는 대목을 구성지
고도 애달프게 뽑았고, 좌중은 장단을 맞춰 가며 흥을 돋우고 있
었다. 그런데 별안간 땅! 총성이 울렸다.

"빨갱이다! 기습이다!"

가장 먼저 토벌대장 임만수가 소리치며 일어섰다. 그는 어느새
권총을 들고 있었다. 사복을 입고 나오면서도 권총을 지니고 있
었던 것이다. 사람들은 갑작스런 총성에 놀랐고, 임만수의 재빠
른 동작에 놀랐고, 그가 권총을 들고 있어 놀랐다.

남인태가 허겁지겁 경찰서로 달려가 보니 비상근무조는 이미
출동한 후였다. 어지러운 총성을 들으며 남인태는 기가 막히고
한심스러웠다. 바로 어제 잔당을 소탕했다고 큰소리를 쳤는데 술
자리를 벌이고 앉았다가 빨갱이들의 기습을 받다니……. 이놈들
이 모든 걸 알고 있구나, 하는 생각이 머리를 쳤다. 그리고 뒤따
라 임만수의 얼굴이 떠올랐다.

남인태는 총소리가 들려오는 어두운 창밖을 바라보고 있었다.
권총을 쥔 그의 손이 잘게 떨렸다. 총소리만으로는 방향을 가늠
할 수도 없고 적의 수는 더구나 어림할 수도 없었다. 이것들이 또
지난번처럼 대대적으로 쳐들어오는 것은 아닐까. 설마 그렇게는
못할 것이다. 계엄령이 실시되면서 이쪽의 병력은 얼마나 강해졌
는가. 그런데 저놈들은 도대체 무엇 때문에 기습을 해 왔을까. 토

벌대를 치려는 것이었을까. 남인태는 고개를 저었다. 염상진은 그렇게 단순하지도 어리석지도 않았다. 읍내의 병력은 토벌대만이 아니었다. 경찰도 청년단도 전과는 비교가 안 될 만큼 강한 화력으로 무장되어 있었다. 그 사실을 염상진이 모를 리 없었다. 그렇다면 그들의 기습 목적은 무엇일까. 아무리 생각해도 답이 나오지 않았다. 엉겁결에 경찰서까지 왔지만 적과 아군의 위치를 파악할 수 없는 상황에서 밖으로 나갈 수도 없었다. 총알이 난무하는 어둠 속을 헤매다가 자칫 개죽음 당할지도 모를 일이었다. 총성이 차츰 뜸해지기 시작했다. 남인태는 그때서야 긴장감이 다소 풀렸고, 곧이어 두 부하를 데리고 돌아온 형사부장에게 상황 설명을 들었다. 그러고 났는데, 임만수가 들이닥쳤던 것이다.

"건방진 놈, 어디 한번 잘해 봐라."

남인태는 혼자 중얼거리면서 이놈의 골치 아픈 땅을 어서 떠나야 한다는 생각을 곱씹었다. 그러면서 아직 해결하지 못한 김범우 문제를 생각했다. 김사용 영감을 최익승 앞에 무릎 꿇게만 만든다면……. 남인태는 그 묘책이 생각나지 않는 게 안타까웠다. 그 일만 해결을 잘하면 더 큰 도시, 더 안전한 땅으로 갈 수 있는 발판이 될 것이었다.

읍내로 침투한 안창민네가 적의 공격을 받은 것은 거의 집에

접근해서였다.

"누구냐, 정지!"

어둠 속에서 터져 나온 소리였다.

"엎드려!"

하대치의 황급한 음성이었다. 미처 방어 태세를 갖추기도 전에 적은 사격을 가해 왔다.

"발사, 발사!"

안창민이 방아쇠를 당기며 명령했다. 적극적인 공격이 최선의 방어라는 순간의 판단이었다. 갑자기 총성이 요란해졌다.

"어째야 쓸께라?"

하대치가 옆으로 붙어 서며 숨을 몰아쉬었다.

"우선 공격하고, 부용산으로 후퇴요."

"알겠구만이라."

"계속 갈기면서 빠져야 하오."

적은 순찰병으로 인원이 많아야 두세 명이리라 싶었다. 이쪽에서 일제사격을 가해 적을 일단 막은 다음 후퇴할 시간을 벌어야 했다. 그 계산은 들어맞았다. 일제사격을 하자 적은 응사해 오지 않았다.

"하 동무, 후퇴, 빨리 후퇴."

안창민이 메마른 소리로 낮게 외쳤다.

"안 동무, 앞장서씨요. 내가 뒤를 맡을 팅께."

"하 동무가 길을 잘 알잖소. 내가 뒤에 서겠소."

"뒤따라오기가 훨씬 힘드는디요."

"시간 없소. 내 염려는 마시오."

안창민은 하대치의 등을 떼밀었다.

후퇴가 시작되었다. 그러나 얼마 가지 않아 총성이 뒤따랐다. 총성은 뒤뿐만 아니라 왼쪽에서도 울리기 시작했다.

"어쩔께라?"

하대치가 뛰기를 멈추며 물었다.

"부용산은 얼마나 남았소?"

"쪼깐 더 가야제라."

"일단 위험지역에서 벗어났으니 더 총을 쏴서는 안 되오. 우리 위치만 드러내는 거니까. 하 동무, 우측에도 길이 있소?"

"길이 없으면 맹글어 가야제라."

그들은 다시 뛰기 시작했다. 그런데 얼마 뛰지 않아 안창민은 다리가 휘청 꺾이는 충격을 받으며 곤두박이고 말았다.

"어째 그러시요, 어째?"

하대치가 숨을 헐떡거리며 물었다.

"나도 잘 모르겠소. 몸이 붕 뜨는 것 같더니 넘어졌소."

안창민은 그때까지도 자신이 총을 맞았으리라고는 생각지 않았다.

"정신 차리고 얼렁 일어나 보씨요."

하대치의 말을 따라 일어섰다. 그러나 몸이 왼쪽으로 기우뚱하며 쓰러지고 말았다. 동시에 왼쪽 다리가 떨어져 나가는 듯한 통증이 온몸을 휩쌌다.

"당혔구만이라. 어디요, 어디?"

"왼쪽 다리가……."

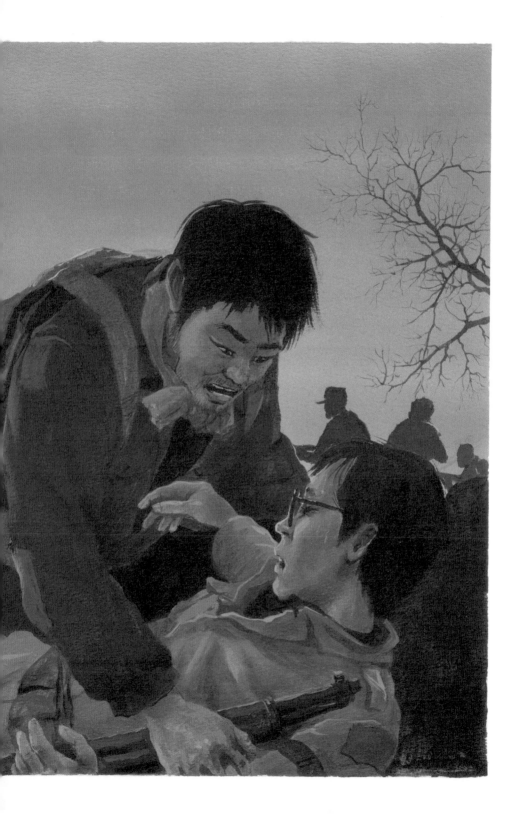

안창민은 통증을 견뎌 내느라고 말도 제대로 할 수 없었다. 총소리는 한결 가까워져 있었다.

"왼쪽 다리 어디요?"

"모, 모르겠소."

안창민은 왼쪽 다리 어디가 아픈지 알 수가 없었다. 다리 전체 아니, 몸 왼쪽이 다 찢기는 것만 같았다.

"아프더라도 쪼께 참으씨요. 총 맞은 자리가 어딘지 찾어야 헌께."

총소리가 짐짐 더 가까워지면서 손전등 불빛이 번쩍번쩍 어둠을 갈랐다.

"여기, 오금 쪼깐 위요. 피가 한 방울이라도 덜 나오게 허벅다리를 묶어야제라."

하대치는 옷을 벗어 북북 찢었다.

"아파도 이빨 응등물고 참어야 쓰요."

안창민은 이빨을 맞물며 고개를 끄덕였다. 하대치가 허벅지를 동여맸다. 새로운 통증이 폭발해서 안창민은 부득부득 이빨을 갈다가 끝내는 하대치의 목을 끌어안고 푸들푸들 떨었다.

"참으씨요, 쪼매만 참으씨요."

하대치가 손을 놀리며 안타깝게 말했다. 안창민의 질끈 감은 눈앞에는 무수한 불똥이 엇갈렸다.

"되았소. 싸게 업히씨요."

하대치가 등을 디밀었다.

"어쩔 셈이오?"

안창민은 하대치의 등을 떼밀었다.

"어쩌기는 어째라, 싸게 여기를 떠야제라."

"아니오, 날 두고 떠나시오."

"고것이 무슨 소리다요?"

하대치가 홱 돌아앉았다. 크지 않은 목소리에 역정이 묻어 있었다.

"하 동무, 내 말 똑똑히 들어요. 날 업고 가다가는 다 잡혀 죽게 될 것이오. 잡히지 않는다 해도 언제 본부까지 가겠소. 또 본부까지 무사히 간다고 해도 산속에서 총 맞은 다리를 어쩔 것이오. 병원이 가까워도 여기가 가깝잖소. 날 두고 어서 떠나시오."

"그렇구만이라. 허면 나허고 같이 행동협씨다."

"저 네 사람은 어쩌구요?"

"즈그들 발로 오금재를 찾아가야제라."

"하 동무, 나 하나 살리려다가 네 동무를 죽일 셈이오? 어서 떠나시오."

"참말로 사람 환장헐 소리만 허시오. 총 맞은 사람 혼자 달랑 내뿔고 성헌 놈 다섯이 내빼는 법도 있답디여? 고것이 혁명 동지의 의리라고 대장님이 가르칩디여?"

안창민은 통증으로 이빨을 갈면서도 웃음이 빚어졌다. 말이 많으면 빨갱이라고 하는 말처럼 하대치의 공박은 아주 그럴듯했다.

"알아요, 하 동무 맘 알아요. 날 두고 가면 대장님도 잘했다고 하실 것이오. 저것 보시오. 불빛이 이쪽으로 방향을 틀었잖소. 빨리 떠나시오."

"참말로 미쳐 버리겠소. 나허고 같이 갑시다."

"같은 말 두 번씩 하기 싫소."

"금메, 무슨 일 나면 어쩔라고 그러요?"

"난 죽지 않아요."

"워메, 뭘 믿소?"

"난 빨갱이요."

"무슨 말이다요?"

"빨갱이는 이 정도로 죽지 않소."

"기막힌 말씀이오."

"어서 떠나시오."

"염병허고, 어째 해필 안 동무 다리를 맞혔을께라. 내 다리나 맞히제."

하대치의 목소리가 축축했다.

"어서 떠나시오. 불빛이 얼마 안 남았소."

"어떻게 연락을 혀야 될께라?"

"그런 걱정 마시오. 내 꼭 살아서 본부로 돌아갈 테니. 하 동무, 어서 떠나요."

"알겠구만이라."

하대치는 네 부하를 이끌고 이내 어둠 속으로 자취를 감추었다. 안창민은 숨을 곳을 찾아 땅바닥을 기었다. 어지러운 총소리와 어둠을 헤집는 불빛이 차츰 가까워지고 있었다. 안창민이 막 짚 더미 속으로 파고들려는데 갑자기 총소리가 심해졌다. 그는 이상한 예감이 들어 상체를 일으켰다. 이쪽으로 오던 불빛이 급히 방향을 바꿔 움직이기 시작했다. 하대치가 유인작전을 벌이고 있는 것이 분명했다.

"하 동무……."

안창민은 신음처럼 중얼거렸다.

하대치가 위험을 무릅쓰며 만들어 준 기회를 최대한 이용해야 했다. 안창민은 몸을 일으켰다. 그러나 아까처럼 몸이 왼쪽으로 기울며 한 발짝도 뗄 수가 없었다. 지팡이를 구해야 했다. 안창민은 지팡이가 될 만한 작대기를 구하려고 땅바닥을 더듬거리며 기었다. 한참을 기다가 지게를 찾아냈다. 지게를 받쳐 놓은 지겟작대기는 지팡이로 안성맞춤이었다.

안창민은 지겟작대기에 의지해서 몸을 일으키고 걸음을 떼어 놓았다. 입이 딱 벌어지는 통증이 솟구쳤다. 이래 가지고 어디로 피신을 할 것인가 하는 암담한 생각이 엄습했다. 그러나 기필코 이 자리를 떠야 했다. '빨갱이는 이 정도로 죽지 않소.' 자신이 했던 말이 자신을 비웃고 있었다. 그렇지만 총상보다 두려운 것은 적에게 체포되는 것이었다. 체포는 그대로 죽음이었다.

안창민은 죽음을 피하기 위해 총상의 고통쯤 이겨 내지 않을 수 없었다. 그는 이빨을 부득부득 갈면서 죽음의 그물을 벗어나기 위해 몸부림치기 시작했다.

16

혁명과 그리움

청년단원이나 경찰을 앞세운 토벌대원들이 입산자들의 집을 덮친 것은 아직 어둠이 머뭇거리고 있는 새벽녘이었다. 그들은 담을 타 넘거나 사립문을 밀치거나 해서 인기척을 내지 않고 집 안으로 스며들어 헛간이며 변소, 짚 더미 같은 데를 조사했다. 그런 다음 느닷없이 마루로 뛰어올라 방문을 걷어찼다. 여자의 놀란 비명과 아이들의 겁에 질린 울음소리가 뒤섞였다. 토벌대장 임만수의 명령에 따른 이 기습 작전은 읍내의 모든 마을을 공포로 뒤덮었다.

세 명이 한 조를 이룬 그들은 무서운 기세로 집 안을 샅샅이 뒤졌다. 끝내 남자를 찾아내지 못한 그들은 총을 집 안 사람들에게 겨누었다. 방구석에 몰려 바들바들 떨고 있던 사람들은 빤히 뚫린 총구멍 앞에서 하얗게 굳었다. "빨갱이 놈 언제 떠났어!" "니년 남편 어젯밤에 왔었지!" 총구멍만큼 살벌한 외침이 새벽 공기를 흔들었다. "아닌디요, 안 왔는디요." "온 일 없어라, 난 몰라라." 이런 대답을 미처 끝내지도 못하고 사람들은 비명을 질렀다. 그리고 토방으로 곤두박이거나 마당으로 끌려 나왔다.

외서댁도 예외일 수 없었다. 아이를 안은 채 머리채를 잡혀 마당으로 질질 끌려 나오면서, "안 왔당께 왜 이러시요. 안 왔당께요."라고 소리쳤다. 그러면서 속으로는 안도하고 있었다. 경찰이 들이닥친 것은 남편이 잡히지 않고 무사히 돌아갔다는 뜻이었다. "만약 경찰에서 따지고 들면 백 번 천 번 모른다고만 혀. 알아먹겄어?" 어젯밤에 남편이 떠나면서 한 말이 그녀의 중심을 잡아 주고 있었다.

외서댁은 머리끄덩이를 잡혀 마당 가운데로 내동댕이쳐졌다. 나둥그러지면서도 아이를 놓치면 안 된다는 생각만은 확실하게 하고 있었다.

"바른대로 말해! 니년 남편 어젯밤에 왔었지?"

토벌대원이 소리쳤다.

"아니어라, 안 왔어라."

아이를 품에 안고 땅바닥에 엎드린 외서댁의 목소리가 떨렸다.

"쌍년이 더 족쳐야 바른말을 할래나……."

토벌대원이 혀를 차며 두 손바닥을 맞비벼 털었다. 오른쪽 손가락 사이사이에 끼였던 머리카락이 냉랭한 새벽 공기 속을 느릿느릿 날아 내렸다.

"명령대로 일단 연행합시다."

경찰관이 토벌대원에게 말했다.

"그럽시다. 여기서 족칠 수도 없으니까." 토벌대원은 잇새로 침을 찍 뱉고는, "야, 걷어차기 전에 빨리 일어나!" 하고 소리쳤다. 외서댁은 부리나케 일어났다.

"가자!"

토벌대원이 외서댁의 어깨를 움켜잡아 돌렸다.

"가긴 가는디, 애기 업고 가게 포대기 좀 갖고 나올라요."

"알았소. 얼렁 가지고 나오시오."

토벌대원의 눈치를 보면서 경찰관이 재빨리 허락했다.

방으로 내달은 외서댁은 딸아이를 등에 업고, 포대기가 아이의 어깨까지 덮이도록 높게 치올려 광목 끈을 질끈 동여맸다. 또 무슨 험헌 꼴을 당할라는고, 찬바람 한 줄기가 가슴을 훑고 지나갔다.

외서댁은 그들을 앞장서 사립문을 나섰다. 기왕 잡혀갈 걸음 괜히 미적거리다가 욕을 먹거나 손찌검을 당하고 싶지 않았다.

"외서댁 아니라고?"

귀에 익은 소리에 외서
댁은 얼른 고개를 돌렸다.
왕주댁이 물동이를 이고 서
있었다. 눈물이 왈칵 솟구치
며 아무 말도 할 수가 없었다.

"빨리 가!"

큰 손이 어깻죽지를 사정없이 쳤다. 외서댁의 몸이 비틀했고, 눈에서 눈물방울이 뚝 떨어졌다. 그녀는 걸음을 옮겨 놓기 시작했다.

"참말로, 젊디젊은 것이 이 무슨 고생이다냐. 문딩이 콧구녕 같은 세상이다."

왕주댁의 거침없는 목소리가 뒤에서 들려왔다. 외서댁은 가슴 찡 울리도록 고마웠다. 왕주댁이 아니라면 감히 경찰 앞에서 할 수 있는 말이 아니었다. 왕주댁을 보자 잇따라 샘골댁이 떠올랐다. 똑같은 꼴을 당하고 있을 샘골댁을 생각하니 남편이 새삼스럽게 원망스러웠다. 공산당을 하려면 혼자서나 할 일이지 샘골댁 남편은 왜 끌어들였는지 모를 일이었다. 앞으로 더 심해질 샘골댁의 눈총을 생각하면 겁부터 났다. 그러면서 어젯밤에 샘골댁 남편 유 서방을 데려오지 않은 남편을 야속해했다. 잠시나마 부부를 만나게 해 주고 나서 이런 일을 당하게 하면 그래도 낯이 설 것 같았다. 그러나 외서댁은 자신의 얼빠진 생각에 소스라치게 놀랐다. 절대로 안 될 일이었다. 만약 유 서방이 왔더라면 남편을 속인 사실이 그대로 밝혀질 것이었다. 샘골댁은 몰매질당한 일을 남편한테 털어놓을 테고, 그러면서 자기만 몰매질을 면했다는 말도 할 게 뻔했다. 그 말이 유 서방의 입을 거쳐 남편에게 들어가면 자신의 거짓말이 드러나고, 끝내는 염가 놈이 집으로 찾아드는 사실까지 들춰지고 말 것이었다. 독사눈 염가 놈은 벌써 서너 차례나 찾아들지 않았던가. 외서댁은 아이를 추스르며 몸을 떨었다.

처음 인기척을 느꼈을 때는 또 염가 놈이 왔겠거니 생각했다. 그런데 두 번째 인기척이 날 때 불현듯 이상한 생각이 들었다. 그때 방문이 벌컥 열렸다.

"누, 누구요!"

외서댁은 아이부터 품으며 더듬거렸다.

"나시, 나. 놀라지 마소."

지게문을 들어선 남편을 알아본 순간 외서댁은 반가움보다는 가슴이 쿵 내려앉았다.

"어쩐 일이다요?"

그녀는 남편이 염가 놈 일을 다 알고 온 것만 같은 불안감에 쫓겨 목소리가 떨렸다.

"자네 몸 상헌 데 없는가?"

남편이 총을 든 채로 아이 옆에 쪼그리고 앉으며 물었다.

"그냥 그만허구만요."

그녀는 무슨 소리인가 싶어 어물어물 대답했다.

"몰매 맞어 크게 상헌 데 없어?"

그녀는 그때서야 남편의 말뜻을 알아챘다. 남편은 자신이 몰매를 맞았다고 생각하는 것이고, 그렇다면 염가 놈 일은 모르고 있는 것이었다.

"몰매를 맞은 지가 언젠디 이적지 아파라."

그녀는 한숨까지 섞어 가며 말했다.

"허기사 같은 매를 맞아도 자네야 젊은께……."

남편이 말끝에 긴 한숨을 내쉬었다.

"워쩐 한숨이다요? 무슨 근심 있소?"

"자네가 성헌 줄 알았으면 내가 뭐허러 왔겄는가. 하늘 같은 대장님 명령 어기면서 말이시."

"허면, 딴 볼일은 없고 순전히 나 하나 보자고 오셨단 말이요?"

"허, 요 미친놈이 각시 맞어 죽은 줄 알고 안 왔능가."

남편은 허하게 웃었다. 그녀는 그 웃음소리를 들으며 몰매를 맞지 않았다고, 그 대신 청년단장 놈이 찾아온다고 말해 버리고 싶은 죄의식에 떨었다.

"자네 고생이 말이 아니시."

남편이 손을 잡으며 말했다. 그녀는 온몸을 부르르 떨었다.

"어째 이리 떠는가. 저쪽 담 밑에서 둘이 망보고 있응께 암시랑 토 않네."

나 좀 살려 주씨요. 그녀는 속으로 부르짖었다. 이러고 있을 때 만약 염가 놈이 나타나면 어찌 될 것인가. 염가 놈은 늘 옷 속에 권총을 차고 다녔다. 자칫하면 남편의 목숨이 위태로워지는 것이었다.

"강 동무, 강 동무!"

그때 방문 가까이에서 다급한 소리가 들려왔다.

"어째 그려!"

남편이 후닥닥 일어나 방문을 밀쳤다.

"읍내 쪽에서 총소리가 막 나는디요."

그녀의 귀에도 멀리서 울리는 총소리가 들려왔다.

"싸게 떠야겄다." 남편은 어둠 속에 대고 말하고는 이쪽으로 얼굴을 돌려 "나 가야겄네. 밤마다 문단속허고 자야 써." 하고 방문을 닫았다. 그리고 부산한 발소리가 멀어졌다.

읍사무소 뒷마당에는 사람들이 꾸역꾸역 밀려들었다. 거의가 여자들로 하나같이 겁먹은 얼굴들이었다. 그 속에 하대치의 아내 들몰댁, 염상진의 아내 죽산댁, 그리고 안창민의 어머니도 섞여 있었다.

경찰서로 쓰는 읍사무소 사무실에는 높은 소리가 오가고 있었다.

"아무 대책도 없이 이렇게 잡아들이기만 하면 어쩌자는 거요?"

경찰서장 남인태였다.

"이거 왜 이리 말이 많으쇼. 여기가 좁으면 당장 학교 하나 비우면 될 거 아뇨."

토벌대장 임만수가 푹 꺼진 콧잔등에 잔뜩 주름을 잡으며 맞섰다.

"두 학교 다 공부를 시작했소."

"이보쇼, 서장 나리, 계엄하에서 빨갱이 소탕이 중요하오, 까짓 코흘리개들 공부가 중요하오?"

난 잘 모르겠소, 라는 말이 혀끝까지 밀려 나왔지만 남인태는 애써 참았다. 계엄령이나 빨갱이를 들고 나오는 판에 스스로에게 돌을 던지는 말은 한마디도 해서는 안 되었다.

"내 말은 도주할 우려가 없는 사람들을 한꺼번에 잡아들여 소란 피울 필요 없다 이거요."

입산 빨갱이들은 그림자도 보이지 않았다는 보고를 이미 받은 남인태는 느긋한 마음으로 토벌대장을 공략했다.

"이거 왜 이러쇼. 작전은 내 권한이니 당신은 내가 요구하는 대로 협조만 하시오. 자, 빨리 아무 학교나 비우시오."

토벌대장 임만수의 기세도 만만찮았다. 남인태는 창자가 비비 꼬였지만 어쩔 도리가 없었다. 그렇다고 서장 체면에 부하들 앞에서 기가 꺾일 수는 없었다.

"학교를 비우고 안 비우고는 읍장과 상의할 문제요."

남인태는 슬쩍 피해 섰다.

"이런 제길, 이봐 염 단장, 읍장님한테 당장 전화 거시오."

토벌대장은 성질을 돋우며 염상구에게 손짓했다.

"아직 주무실 것인디 전화를 혀도 될란지 모르겄소?"

염상구는 서장과 토벌대장의 눈치를 슬슬 살피며 어물쩍거렸다.

"됐어, 아직 사람이 그리 많지 않으니 조금 더 있다가 걸도록 합시다."

토벌대장이 손목시계를 들여다보며 말했다. 염상구는 상체를 건들거리며 창가로 걸어가며 속으로 열심히 주판알이 튕기고 있었다. 경찰서장과 토벌대장을 놓고 시작한 저울질이었다. 누가 더 근수가 나갈 것이며, 어느 쪽으로 붙어야 더 잇속이 있을지를 따지는, 염상구로서는 그야말로 중대한 일이었다. 그런데 그 저울 눈금이 속 시원하게 딱 정해지지 않는 게 문제였다. 경찰서장이 무거운 듯해서 그쪽으로 쏠리면 다음 순간 토벌대장이 무거운 것 같고, 저울 눈금이 이리 기우뚱 저리 기우뚱, 도무지 종잡을 수가 없었다. 당장은 토벌대장의 근수가 더 나가는 게 분명했다. 그러나 지금은 식은 보리밥 신세지만 벌교 바닥에 오래 있기로 치자면 서장의 근수가 더 나갔다.

"염 단장, 서장 정도는 내 보고 한마디면 끝장이오. 모든 작전권은 내 손에 달렸으니 나와 손잡고 일해 봅시다."

어젯밤에 청년단으로 걸려 온 토벌대장의 전화였다. 토벌대장과의 일을 빠짐없이 보고하겠다고 서장과 이미 약속했으면서도 전화 내용을 서장에게 보고할 수는 없었다. 자기 보고 한마디면 서장도 끝장낼 수 있다는 토벌대장의 말은 믿지 않았다. 그러나 저울질을 시작하고 보니 그 대목도 영 허풍 같지만은 않았다. 사람 하나 잘되게 하기는 어렵지만 못되게 하기는 쉬운 게 세상 판세였다. 이미 상부로부터 허깨비 취급을 받고 있는 판에 토벌대장이 보고할 때마다 나쁜 소리를 지껄여 댄다면 서장의 모가지도 온전할 것 같지 않았다. 그러나 토벌대장이 설쳐 대는 꼬락서니도 달갑지 않았다. 굴러 온 돌이 박힌 돌 뽑는다고, 아무리 토벌대장이라고는 하지만 안하무인으로 설치는 꼴을 보고 있자니 슬그머니 배알이 뒤틀렸다. 토박이로서의 오기였고, 주먹패 왕초로서의 자존심이었다. 토벌대장이 빨갱이 토벌에만 권력을 써야지 만약 딴 데까지 손을 뻗치면, 그때는 벌교 바닥의 본때를 보여 주리라는 게 염상구의 생각이었다.

"아침밥은 우리 본부에서 함께합시다. 염 단장하고 긴히 의논할 일이 있으니까."

토벌대장이 은밀히 한 말이었다. 토벌대장하고 아침을 먹어야 하나 말아야 하나. 염상구는 창밖을 내다보며 고개를 갸웃거렸다. 갈 수도 없고, 안 갈 수도 없고…… 저울 눈금이 확실하게 정해질 때까지는 양다리를 걸치는 수밖에 없었다.

염상구는 창가에서 돌아섰다. 토벌대장이 보이지 않았다. 아침

밥을 먹으려고 앞서간 눈치였다.

"토벌대장인가 원숭인가는 어디 갔다요?"

염상구는 서장에게 능청스레 물었다.

"원숭이는 또 뭐요?"

서장이 염상구를 올려다봤다.

"아, 그 쌍판때기가 원숭이 낯짝 아닙디여? 첨에 딱 봉께로, 고 낯짝이 징상스럽게 못났다 싶은디, 어디서 꼭 본 듯 허면서도 영 생각이 나야 말이제라. 그려서 그 부하를 잡고 느그 대장을 어디서 꼭 본 얼굴인디 어디서 뭘 허던 사람이냐고 물웅께 그 부하가, 보기는 어디서 봐라, 서커스단에서 봤겠지요, 허드랑께요. 그 말을 얼렁 못 알아먹고, 어느 서커스단 출신이냐고 물웅께 그놈이 웃으면서, 서커스단 원숭이 못 봤냐고 허드랑께요."

"그렇구만, 원숭이, 그렇구만."

서장은 키들키들 웃었다.

"부하 놈들이 안 듣는 데서는 원숭이, 원숭이 허드랑께요."

"재수 없는 놈, 아주 잘 붙인 별명이오."

서장은 냉정하게 말하고는, "염 단장!" 하고 나직하게 염상구를 불렀다.

"예, 서장님."

"토벌대장, 그 사람이 무슨 말 한 것 없소?"

짐작하고 있던 물음이었다. 염상구는 침착하게 그러나 서장이 호감을 느끼게 대꾸했다.

"별말 없었는디요."

"그 사람이 앞으로 이런저런 요구를 해 올 것이오. 그러면 그때 그때 나한테 알려 주길 바라겠소. 나나 염 단장은 벌교 물을 함께 먹고 산 처지고, 그 사람은 어디까지나 외지 사람일 뿐이오. 나하고 염 단장은 그동안 협조 잘하지 않았소?"

사실 틀린 말이 아니었다. 좋은 말로 하면 협조가 잘된 것이고, 막말로 하자면 똥창을 잘 맞춘 것이었다. 그건 누가 누구를 특별히 봐준 게 아니라 서로의 필요 때문에 이루어진 일이었다.

"하면이라, 그래야제라."

염상구는 고개까지 힘주어 끄덕거리며 흔쾌하게 대답했다.

"고맙소, 염 단장만 믿겠소."

서장은 염상구의 손을 잡았다.

그러나 서장 남인태는 그렇게 단순하지 않았다. 청년단에 박아 놓은 끄나풀의 말에 따르면 염상구는 이미 어젯밤에 토벌대장과 내통을 하고서도 시침을 떼고 있었다. 염상구를 믿는다고 한 것은 전혀 믿지 않기 때문이었다.

남인태는 서장실로 들어갔다. 아침을 먹기 전에 김범우에 대한 조서를 정리할 참이었다. 유리할 것 하나 없는 상황에서 김범우

건이나 빨리 마무리 지어야 했다. 김사용 영감을 국회의원 최익승 앞에 가게만 하면 되는 것이다. 유치장에 가두는 것으로는 실패했으니 순천경찰서로 넘기는 더 강력한 방법을 쓸 수밖에 없었다. 일단 순천으로 넘어가면 재판을 받아야 하기 때문에 사건은 심각해지게 마련이고, 김사용 영감도 더는 버티지 못할 터였다. 김사용이 최익승을 찾아가고, 둘 사이에 어떤 타협이 이루어지고, 김범우는 풀려나고, 그 공로로 자신은……

남인태는 오전 중에 김범우를 넘겨 버리기로 작정했다.

"이 해당분자!"

염상진은 차려 자세를 하고 있는 강동식을 후려쳤다. 강동식은 비척거리다가 똑바로 섰다. 코에서 피가 주르르 흘렀다.

"하 동무, 이자를 끌어다가 저 나무에 묶으시오!"

염상진은 숨을 몰아쉬었다. 하대치가 강동식을 대열 뒤로 끌고 가며 수건으로 코를 막아 주었다. 염상진은 감정을 자제하려고 노력했다. 손찌검은 하지 말아야 한다고 스스로 몇 번이나 다짐했다. 그건 나이가 많든 적든 낮춤말을 해서는 안 되는 것과 함께 반드시 지켜야 할 당의 규율이었다. 모두 모인 곳에서 냉정하게 처벌하려고 강동식을 숯막으로 부르지도 않았다. 그런데 강동식을 보는 순간 걷잡을 수 없이 감정이 폭발하고 말았다. 명령 불복

종 때문이 아니라 어떻게 되었을지 모를 안창민에 대한 염려 때문이었다.

염상진은 안창민을 노출시킨 것이 또 후회로 씹혔다. 부질없는 생각인 줄 알지만, 그 후회는 단순한 후회가 아니라 이번에 일으킨 혁명 사업에 대한 미심쩍음과 연관된 문제였다.

이번 사업의 허망한 실패에 따른 의문은 한두 가지가 아니었다. 가장 납득이 안 되는 것이 당 조직의 분열이었다. 각 도마다 지방 당 조직이 있는데 어찌하여 한꺼번에 봉기가 일어나지 않았는지 모를 일이었다. 그렇다면 이번 사업은 당중앙의 계획된 거사가 아니었다는 결론밖에 나오지 않았다. 치밀한 계획 없이 충동적으로 일으킨 사업이라면 그것은 얼마나 어리석고 반혁명적인 행위인가. 공산주의를 적으로 삼는 남한 단독정부가 수립된 마당에 부분적이고 산발적으로 일으키는 사업은 이쪽의 힘만 소모하고, 직의 힘을 강화시키는 결과를 낳을 뿐이었다. 그런데 사업 확대 지령은 당에서 내려오지 않았던가. 가정은 금물이지만, 당의 그 지령은 여수·순천지구에서 사업을 일으킨 다음 뒤늦게 내린 것으로 볼 수밖에 없었다. 이런 반당적 추리는 하지 않으려 했지만 실패를 떠올릴 때마다 머리를 드는 생각을 어찌할 수가 없었다.

강동식을 참나무에 묶은 하대치가 침통한 얼굴로 대열 앞에 와 섰다.

"동무들, 강동식 동무는 규율을 어기고 반혁명적 반당적 행위를 저질렀소. 그래서 강 동무는 처벌을 받게 되었소. 강 동무는 이틀 동안 저렇게 묶여 있어야 하오. 물론 밥도 굶어야 하고 밤에도 풀어 주지 않소. 끼니때마다 물만 한 사발씩 주겠소. 그리고 강동식 동무는!" 염상진의 목소리가 갑자기 높아졌다. 강동식이 떨구고 있던 고개를 번쩍 치켜들었다. "이틀 동안 자신의 행위에 대해 냉정하고 철저하게 자아비판하도록 하시오. 알겠소!"

"알겠습니다, 대장님."

강동식은 있는 힘껏 대답했다. 그는 대장에게 추호의 섭섭함도 없었다. 오히려 그 정도의 처벌에 감사했다. 읍내가 뒤집힌 게 자기 때문일지도 모른다는 불안감에 쫓기며 돌아와, 하대치에게 이야기를 듣고는 죽기를 각오했었다.

"그만 해산하고, 하 동무는 내 방으로 오시오."

염상진은 대열을 등지고 돌아서며 가슴이 저렸다. 아내의 안부가 염려스러워 조직의 명령을 어긴 강동식의 행동이 과연 나쁘기만 한가 하는 생각 때문이었다. 부모나 자식, 배우자에게 마음이 쏠리는 것은 자연스러운 일이다. 그러나 인간의 삶을 비인간적으로 만든 악조건들을 척결해야 하는 마당에 그런 감정은 당분간 미루어 둬야 한다. 그런 고통 없이 혁명을 이룰 수는 없다. 가난에서 벗어날 수 없는 노예적 삶 속에서는 부모나, 자식이나, 배우자나 모두 노예일 뿐인 것이다.

염상진도 어머니를, 두 아이를, 아내를 생각하지 않는 게 아니었다. 특히 두 아이는 그의 마음을 혼란스럽게 만들었다. 여덟 살 먹은 딸 덕순이의 깜찍함이나 여섯 살 먹은 아들 광조의 능청스러움은 언제나 그리움이었다. 그러나 당장의 그리움을 좇아 혁명을 지

연시킬 수는 없는 일이었다. 그 아이들한테서 노예적 삶의 굴레를 벗기기 위해서라도 혁명의 수행은 우선순위에 놓여야만 했다.

"하 동무 생각은 어떻소?"

염상진이 신중하게 물었고, 하대치는 말뜻을 잘 알아듣지 못하는 눈치였다.

"안 동무 말이오."

"야아, 무사히 병원에 당도했기만……."

염상진은 눈을 감았다가 한참 만에 떴다. 자신은 우문을 했고, 하대치는 현답을 한 셈이었다.

"하 동무, 내가 읍내에 다녀오는 동안 여기를 잘 지키시오."

"대장님 혼자서라?"

하대치가 금방 고개를 저었다.

"병원만 가는 것이니 혼자 가는 게 안전할 것이오."

"그려도 지가 같이 갔으면 싶은디요."

염상진은 벌떡 일어섰다. 하대치를 데리고 가고 싶은 마음을 떼치기 위함이었다. 그런 염상진의 서슬에 하대치는 더 입을 열지 못했다.

"내가 읍내에 간 것은 비밀로 해 두시오. 슬쩍 빠져나갈 테니까."

"알겄구만이라. 조심혀서 댕겨오시씨요."

하대치가 시무룩한 표정으로 나갔다. 염상진은 권총의 탄창을 빼서 총알을 확인했다.

김사용이 아들 범우가 순천경찰서로 넘겨진 사실을 안 것은 점심을 가지고 가서였다.

"영감님 말씀대로 법대로 처리한 것이지요."

남인태는 김사용을 보지도 않고 말해 버렸다. 꼿꼿하게 서서 남인태를 바라보던 김사용은 아무 말 없이 돌아섰다. 흐트러짐 없는 조용한 몸놀림이었다.

"기분 나쁜 영감탱이 같으니라고 ······."

밖으로 나가는 김사용의 뒷모습을 쏘아보며 남인태가 거칠게 내뱉었다. 예상이 완전히 빗나가 버린 것이다. 자기 힘으로 아들을 빼낼 자신이 있단 말인가? 만약 그렇게 되면 어쩌지? 최 의원한테 연락해야 하나? 남인태의 머리는 빙글빙글 돌기 시작했다.

당돌한 녀석, 그나마 경찰질도 못 해 먹을라고 누굴 상대로 장난질이야. 최익승만이 일을 해결할 수 있다고? 그자를 찾아가라고? 그동안 참을 만큼 참았다만 더는 안 되겠다. 김사용은 걸음을 바삐 옮기며 마음을 다졌다. 재판은 나중 문제고 당장 큰일은 아들이 순천경찰서에 갇힌 것이었다. 지방법원이 있는 순천경찰서는 사람을 거칠게 다루기로 소문나 있었다. 반란 사건 때문에 그 도는 더 심해졌을 테고, 아들은 빨갱이로 지목되었으니 시간을 끌었다가는 억울한 매질을 당하게 될 것이었다.

김사용은 밥보자기를 들고 경찰서로 가면서, 오늘이나 내일쯤이면 풀려나겠지, 생각했다. 아들 범우가 했다는 용공적 발언이 어떤 내용인지 알 수는 없으나, 시국이 시끌시끌한데 자기주장을 세우니까 겁을 주려고 며칠 가둬 두는 것이려니 했다. 처음에 서장이 최익승 운운했을 때도 기분은 좋지 않았지만, 그 말이 어떤 계산속에서 나온 것이라고 해석하지는 않았다. 그런데 이제 보니 모든 것이 계략이었다.

"천 서방, 어디 있는가, 천 서방."

김사용은 대문을 들어서면서부터 목청을 돋우었다.

"아니, 뭐가 그리 다급허시요."

부인이 먼저 방문을 열고 나왔다.

"여, 여기 있구만요, 어르신."

천 서방이 고무신을 끌며 뒤란에서 황급히 뛰어왔다.

"문중 회의를 열 것이니 싸게싸게 연락해라. 바로 모이라고들 혀."

"야, 핑 돌아오겄구만요."

천 서방이 부리나케 대문 밖으로 뛰어나갔다. 이씨 부인은 아들에게 큰일이 생겼음을 직감했다.

"범우를 순천으로 넘겨 버렸네."

김사용은 마당을 가로지르며 흘리듯 말했다. 워메, 어쩔거나,

하는 소리를 이씨는 간신히 참아 냈다. 어쩌자고 아들을 그 험한 순천경찰서로 넘겼단 말인가. 이씨는 가슴이 두근거렸다.

"교환, 여기 봉림이다. 아주 급헌 일인께 얼렁 순천재판소 바꿔라."

남편의 목소리는 크고 급했다.

이씨는 마당을 서성이며 관세음보살, 관세음보살을 염송했다.

"아, 정 판사신가? 바쁠 것이니 짧게 말허겠네. 우리 범우가 이번 사태에 대해 높은 양반헌테 몇 마디 헌 모양인디, 그 말이 용공적이다 해서 유치장에 가뒀네. 곧 풀릴 줄 알었는디, 오늘 오전에 순천으로 넘겨 버렸다네. 보나 마나 조서에 빨갱이라고 썼을 것인디, 우리 범우가 어디 빨갱이질 헐 놈인가. 우선 몸 상허지 않게 조처해 주시고, 내가 내일 순천으로 넘어갈라네. 어이, 부탁하네."

이씨는 그제야 다소 안정을 찾을 수 있었다. 저렇게 전화로 될 일인데 문중 회의는 왜 하는지 알 수 없었다.

17

배고픔과 동물과 인간

"계란 사씨요오, 계란."

커다란 망태기를 짊어진 사내가 목청을 뽑았다. 그러나 집 안에 서는 아무 기척이 없었다.

"아무도 없소? 계란 사씨요, 계란."

사내의 목소리는 처음보다 한결 쿠렁쿠렁하게 울렸다.

"계란 있소. 딴 데 가 보씨요."

집 안에서 여자 목소리가 흘러나왔고, 사내는 집 안으로 성큼 성큼 걸어 들어갔다.

"안 사도 좋으니 방문이나 열고 거절하시지요."

사내의 목소리는 계란을 사라고 외칠 때와는 딴판으로 점잖았다. 이내 방문이 열리고 "워메……" 하는 여자의 놀란 목소리가 뒤를 이었다.

웃고 있는 남자는 정하섭이었다. 소화는 놀란 얼굴로 정하섭을 멍하니 바라보고만 있었다. 광목으로 지은 한복 바지저고리에 검정 물 들인 조끼를 받쳐 입은 입성이며, 검정 고무신에 헐어 빠진 일본군 모자며, 수염이 더부룩한 얼굴은 흠잡을 데 없는 계란 장수였다.

소화만 놀란 게 아니었다. 그녀가 입고 있는 소복을 보고 정하섭도 놀랐다.

"얼렁 드시써요."

소화는 서둘러 마루로 나서며 말했다.

"천천히 해도 괜찮소. 나는 계란 장수니까."

정하섭은 빙긋 웃기까지 하며 태평스럽게 말했다. 그리고 느릿 느릿 대망태기를 마루에 내려놓았다.

"계란을 억지로라도 팔아야겠소."

정하섭은 정말 계란을 팔아야겠다는 듯 덮개를 걷었다. 망태기에는 짚 꾸러미에 열 개씩 넣은 계란이 반 넘게 차 있었다.

"요 계란으로 말헐 것 같으면, 개량종이 아니라 순 토종이요. 요 노르족족허고 볼그족족헌 것이 바로 토종 계란이란 표식이요. 많이도 말고 두 줄만 팔아 주씨요."

행색뿐만 아니라 사투리에 가락을 넣어 말하는 것까지 갈 데 없는 계란 장수였다. 소화는 어떻게 해야 좋을지 몰라 그저 머뭇거리기만 했다.

"지난번 그 방에 머물러야겠소."

정하섭이 계란 꾸러미를 소화 앞으로 밀어 놓으며 낮게 말했다.

"예에……."

소화는 들릴락 말락 대답하면서 빛살처럼 퍼지는 기쁨을 느꼈다.

"지금 그리로 가면 좋겠소."

"알겠구만이라."

소화는 마루를 내려섰다. 어머니 초상을 치르고 나서 제각 안에 정하섭을 맞을 준비를 해 놓은 것이 얼마나 잘한 일인가 싶었다. 갑작스럽게 어머니가 떠나 버린 슬픔 속에서도 문득문득 '머잖아 다시 오게 될 것이오.'라던 정하섭의 말이 떠올랐다. 예고 없이 불쑥 나타날 그 사람을 위해 홑이불을 뜯어 빨고, 간단한 취사도구를 장만했다. 특히 신경을 쓴 게 땔감이었다. 싸리나무를 다섯 짐 사들였는데, 한 짐마다 다른 사람을 택했다. 싸리나무는 연기가 나지 않아서 옛날부터 산도적들이 싸리나무로 밥을 해 먹었고, 관가에서는 싸리나무가 잘린 곳을 찾아다니며 산도적의 뒤를 쫓았다는 이야기를 어머니한테 들은 적이 있었다.

“아니…….”

방으로 들어선 정하섭은 한쪽 구석에 놓여 있는 이불과 요를 보고 머뭇했다. 그리고 다음 순간, 거기에 머물러 있는 소화의 기다림을 보았다. 문득 이름을 알 수 없는 들꽃 향기가 코끝을 스쳐 갔다.

“저녁밥은 어두워진 뒤에 가져오는 것이 좋겠소.”

정하섭은 벽에 등을 부리고 앉았다. 먼 길을 걸어온 피곤이 몸을 눌러 왔다.

“밥은 여기서도 헐 수 있구만요.”

두 손을 앞에 모으고 선 소화의 말이었다.

“그게 무슨 소리요?” 정하섭은 말을 물어 놓고 곧이어 “아, 알았소.” 하고 고개를 끄덕였다.

소화는 조용히 돌아섰다.

“그런데…….”

정하섭의 말에 문고리를 잡았던 소화가 다시 돌아섰다.

“지금 밥을 하진 마시오. 여긴 사람이 살지 않는 곳이니까.”

“연기 안 나라고 싸리나무를 구해 놨는디요.”

“아니! 그걸 어떻게 알았소?”

정하섭은 윗몸을 벌떡 일으켰다. 연기가 안 나게 하려면 싸리나무나 맹감나무를 때라는 것은 빨치산 교육에 나오는 것이었다.

"전에 엄니헌테 들었구만요."

정하섭은 소화를 물끄러미 올려다보았다.

소화는 쌀을 안치고 불을 지핀 뒤에도 마음이 놓이지 않아 밖에 나와 굴뚝을 뚫어져라 보았다. 아궁이 가득 나무를 넣었는데도 연기가 나지 않았다. 참으로 신기했다.

소화가 밥상을 들여갔을 때 정하섭은 잠들어 있었다. 입에서 흘러내린 침이 방바닥에 괴어 있었다. 가슴이 찡 울렸다. 김치와 계란찜·김·콩나물무침, 뜨물에 끓인 무국, 그리고 간장 한 종지가 반찬의 다였다. 저런 밥상을 받게 하려고 곤히 자는 사람을 깨워야 하나 망설였다. 그러나 음식은 식으면 제맛을 잃는다. 잠은 11월 긴 밤이 새도록 자면 될 것이었다.

소화는 정하섭을 깨우려다가 주춤했다. 말을 하려는데 호칭이 없었던 것이다. 무어라 불러야 좋을지 모를 사람, 내게 마음의 문을 열어 준 사람, 저 사람은 나에게 무엇인가. 소화는 당혹감과 함께 걷잡을 수 없는 욕심이 이는 것을 느꼈다. 신령님은 나한테서 어머니를 데려가고 그 대신 저 사람을 보내셨다. 욕심이 하는 말이었다. 그럼 저 사람과 나는 어떤 관계가 되어야 하는가. 소화는 얼굴을 감쌌다. 그리고 고개를 저었다. 그와 부부가 될 수는 없었다. 그는 구름이고 바람이고 철새였다. 그래서 인연은 있어도 함께 살 수는 없게 되어 있었다. 소화는 눈물을 훔쳤다.

"진지 드시씨요, 진지 드시씨요."

소화는 아무 호칭도 붙이지 않고 그를 깨웠다. '예 말이요', '보씨요' 같은 말은 쓰고 싶지 않았다. 그런 말은 생판 모르는 사람을 부를 때나 쓰는 것이었다.

정하섭은 힘겹게 눈을 떴다. 그 무거운 눈꺼풀이 다시 내리 감길 것만 같았다.

"밥 다 됐는디, 진지 드시씨요."

"으응, 응, 벌써 밥이……."

정하섭은 정신이 드는지 몸을 일으켰다.

"갑작스러워서 찬이 없는디……."

"아니오, 이만하면 계란 장수 밥상으로는 성찬이오."

정하섭은 밥상으로 바싹 다가앉으며 숟가락을 들었다. 서두르는 몸짓이 꽤나 시장했던 모양이었다.

"참, 소화 당신 밥은 왜 없소?"

국을 떠 입에 넣으려던 정하섭이 고개를 들었다.

"지는 이따가……."

소화는 황급히 눈길을 떨구었다. '소화 당신'이라는 호칭이 너무나 뜻밖이었다.

"그럴 것 없소. 먹을 때 함께 먹어 치웁시다."

정하섭은 소화가 이제 혼자라는 생각을 하며 말했다. 소화는 얼굴이 달아오르고 온몸이 움츠러들었다. 감히 겸상을 하다니…… 상상만으로도 죄가 될 일이고, 꿈에서도 이루어지지 않을 일이었다. 지체가 같은 부부 사이라도 할 수 없는 일인데 하물며 무당의 몸으로. 서울에서 공부한 신식이어서 그런가, 가난한 사람들 편을 든다는 공산주의를 해서 그런가. 소화는 도무지 종잡을 수가 없었다.

"뭘 하고 있소. 어서 밥 가져오시오."

"아니어라, 지는 참말로 이따가……"

소화는 그대로 일어서 밖으로 나가려 했다.

"됐소, 됐소. 불편하다면 혼자 들도록 하고, 거기 앉으시오."

정하섭의 얼굴에 웃음이 감돌았다. 소화는 정하섭의 정면에서 반쯤 옆으로 돌아앉았다.

"상을 당한 모양인데, 뭐라고 위로의 말을 해야 좋을지 모르겠소."

"……"

소화는 고개를 약간 숙임으로써 답례를 했다.

"어째서 계란 장수가 됐는지 왜 묻지 않소?"

정하섭이 불쑥 말했다.

"그런 것은 여자가 물을 말이 아니라서……"

"계란 장수가 됐으니 대낮에도 소화를 찾아올 수 있게 되잖았소."

소화에게는 이 정도의 말로도 설명이 충분할 것 같았다.

"읍내에 토벌대가 새로 왔구만요."

소화는 묻지도 않은 말을 했다. 그가 변장을 너무 믿을까 봐 염려가 되어서였다.

"알고 있소."

정하섭은 소화의 말뜻을 헤아리며 고개를 끄덕였다.

"당신이 바로 염상진이 마누란가?"

토벌대장 임만수가 고약스런 얼굴로 물었다.

"그러요."

여자는 불퉁스레 대답했다. 왼쪽 볼에는 푸르뎅뎅한 멍이 들어 있었다.

"당신 이름이 뭐야?"

"계집이 무슨 이름이 있겠소. 그냥 죽산댁이라 허요."

"어허, 그따위 촌 이름 말고 시집오기 전에 부르던 이름 있을 것 아닌가."

임만수는 오만상을 찌푸렸다.

"남 처녀 적 이름 뭐할라고 물으요?"

"이봐! 개소리 치지 말고 고분고분 대답 못 하겠어!"

임만수가 버럭 소리치며 책상을 내리쳤다.

"성은 임이요, 이름은 끝순이었소."

죽산댁은 대답을 하고 나서 알아들을 수 없는 소리로 뭐라고 중얼중얼했다.

"이봐, 지금 무슨 소릴 씨부리는 거야!"

임만수는 곧 내려칠 것처럼 주먹을 치켜 올렸다.

"워메, 조사나 헐 것이제 남이 속으로 허는 말까지 간섭이요, 간섭이."

죽산댁은 조사를 받는 사람답지 않게 전혀 기가 죽어 있지 않았다.

"뭐야! 간섭?"

마침내 임만수의 주먹이 죽산댁의 볼에서 퍽 소리를 냈다.

"워메, 사람을 때릴 대목에서 때려야제 지금 어째 때리요. 서럽고 눈물 나라고 처녀 적 이름은 왜 묻느냐고 속말했는디, 고것이 무슨 잘못이라고 사람을 복날 개 패듯 패요."

죽산댁은 한 대 얻어맞더니 오히려 기가 더 펄펄 살았다.

"죽이기 전에 아가리 닥쳐!"

임만수는 책상 위에 놓아둔 몽둥이를 들고 벌떡 일어났다.

"좋소, 죽이씨요. 빨갱이 여편네로 이리저리 끌려댕기고 매타작 당허면서 살기 징상스런께 죽이씨요, 죽여! 고 몽둥이로 이년 대갈통을 팍 깨 죽여 주씨요."

　죽산댁은 임만수 앞으로 한사코 머리를 디밀었다. 임만수는, 이 것이 예사 것이 아니라고 생각했다. 빨갱이라면 일부러 음흉을 떠 는 것이고, 그렇지 않다면 성깔머리가 억센 여자일 것이었다. 이 런 부류들은 반죽음이 되도록 세게 몰아치거나, 인간적인 체하 며 부드럽게 다루어야 했다. 어설프게 하다가는 개망신당하기 일 쑤였다.

　"네까짓 것 대갈통 박살 내기는 식은 죽 먹기야. 허나 여자한테 곤조통 부리고 싶지 않으니까 좋은 말로 할 때 고분고분 들어."

임만수는 이빨로 질겅질겅 씹듯 말했다.

"그쪽서 좋은 말로 허면 나도 그리 허겄소."

죽산댁은 자리를 고쳐 앉았다.

"어젯밤에 염상진이 왔었지?"

"그 웬수 얼굴을 못 본 지가 오래요."

"거짓말하지 말어. 본 사람이 있어."

"허, 넘겨짚는다고 없는 일 있다고 헐 사람 아닝께 그러지 마씨요."

죽산댁은 헛웃음을 쳤다.

"어젯밤 총소리 날 때 어디서 뭘 했지?"

"기름 값 아까워서 새끼들 데리고 일찍 자빠져 잘라고 허는디 총소리가 납디다. 그려서 꼼지락 않고 새끼들 품고 누워 있었제 뭘 혔겄소."

"그게 누구라고 생각했나?"

"밤중에 서로 총질허면서 지랄 발광허는 것이 순사들허고 빨갱이들 말고 뭣이 또 있겄소."

"그게 남편일 거라고 생각 안 했나?"

"물으나 마나 아니요. 그리 총질이 심혔는디 대장이 없을 리 있겄소?"

"남편이 숨어들었으면 어쩌려고 했지?"

"어쩌기는 어째라. 내빌나 도야제라."

"내빌나 도야제라?"

임만수는 떠듬떠듬 되풀이했다.

"어쩔 것이요, 명색이 남편인디."

임만수는 그때서야 그 말이 '내버려 둬야지요.'라는 것을 알았다. 임만수가 되풀이한 것은 말을 못 알아들어서였고, 죽산댁은 임만수의 되풀이를 되물음으로 알고 대답한 것이었다.

"이봐! 그러면 어떡해."

임만수가 책상을 쾅 내리쳤다.

"음마, 좋은 말로 헌다더니 또 변해 뿌네."

죽산댁이 눈을 흘겼다. 임만수는 기가 차서 헛웃음이 나오려고 했다. 배짱이 좋은 것인지 모자라는 것인지 알 수가 없을 지경이었다.

"빨갱이를 숨겨 주면 죄가 된다는 걸 몰라서 숨겨 줘?"

"아까 대답 안 혔소. 남편잉게 어쩔 수 없다고."

"글쎄, 남편이라도 숨겨 주면 안 돼. 경찰에 알려야지."

"나는 그리 못혀라. 빨갱이질허는 것이야 징글징글허제만, 아그들 애비를 어떻게 내 손으로 죽게 맹글 것이요?"

"죽긴 왜 죽어. 마음만 돌리면 살려 줘."

"그 남정네가 사람을 얼마나 많이 죽였는디, 경찰이 무슨 부처

님 가운데 토막이랍디여? 고런 사람까지 살려 주게. 허고 그 남정
네 맘 돌릴 남정네가 아니요."

"이것 참. 그 독종을 숨겨 주면 당신 죄가 얼마나 커지는지 알
기나 해?"

"그렇게 시시때때로 잡혀 와 갖고 매타작당허는 것 아니요."

임만수는 그만 맥이 빠졌다. 도대체 말이 먹혀들지 않는 여자
였다.

"당신은 매타작 정도로는 안 되겠어. 빨갱이를 감싸고도는 정
신 상태가 바로 빨갱인데, 콩밥 좀 먹어야겠어."

"좋을 대로 허씨요. 콩밥 공짜로 얻어먹겠다, 거기 들어앉아 있
으면 매타작 안 당허겠다, 나는 훨씬 이문이요."

이것이 생똥 좀 깔기게 독한 맛을 보여? 임만수는 성질이 곤두
섰다. 그러나 청년단장 염상구의 얼굴이 떠올랐다. 성질대로 할
일이 아니었다.

"청년단장과는 어떤 사이지?"

"다 알면서 뭐헐라고 물으요?"

"고분고분 대답하겠다는 것 잊었나?"

"내 참, 시동생이요."

죽산댁의 얼굴이 험상궂게 일그러졌다.

"시동생 얘기가 나오니까 왜 갑자기 화를 내지? 형 따라서 빨갱

이질 안 하고, 빨갱이 때려잡는 일을 해서 그런가?"

죽산댁은 고개를 바짝 치켜들고 임만수를 노려보았다.

"순사라고 아무 말이나 씀벅씀벅허면 다 말인 줄 아시요? 그놈은 시동생이 아니라 내 웬수요. 내가 빨갱이를 얼마나 싫어허는지 알면서도 지 놈 낯내려고 나를 요 고생시키는 징헌 놈이요. 나야 남편 잘못 만난 죄로 어쩔 수 없다 쳐도, 지 놈이 사람이라면 어린 조카들헌테까지 그리 매정허게 혈랍디여? 애비가 빨갱이제 새끼들이 빨갱이가 아닌디. 지 놈은 사시사철 쌀밥만 먹으면서 조카들이 굶는데도 쌀 한 톨 안 보내는 놈이 바로 그놈이요."

생전 울지 않을 것 같던 죽산댁이 눈물을 훔쳤다.

"그러니까 염상진이 공산당을 하지 말았어야지. 자식들 굶겨 가며 공산당 해서 어쩌겠다는 거야. 지금이라도 늦지 않았어. 마음만 돌리면 틀림없이 살려 줘. 그러니까 당신이 마음을 돌리게 해."

"말도 마씨요. 울어도 보고, 빌어도 보고, 싸워도 보고, 별의별 짓 다 혀도 소용이 없었다요. 그 남정네는 공산당에 홀딱 미친 사람이요. 아그들 애비니께 경찰에는 못 알려 주지만, 남편으로 정은 다 뗀 지 오래요."

"당신은 당신 남편이 바라는 공산당 세상이 올 거라고 믿나?"

"순사 양반은 허깨비시요? 요리 두 눈 똑똑히 뜨고 막는디 어찌 고런 꿈같은 세상이 오겠소."

"꿈같은 세상이라니! 그럼 당신은 빨갱이 세상이 되길 바라는 빨갱이 아닌가!"

임만수의 눈이 매섭게 빛났다.

"말 꼬랑댕이 잡고 사람 왈기지 마씨요. 너나없이 공평하게 사는 세상 맹근다는 공산당 말을 두고 허는 소리요. 그런 세상이 꿈속에나 있고, 말로나 있는 것이제 이 세상에 있을랍디여? 우리 남편 따라 공산당 허는 농꾼들도 다 그 말만 믿고 나선 것이제라. 가난에 한이 맺히고, 배운 것 없는 농꾼들이 고 달디단 말에 어찌 귀 솔깃허지 않겄소. 우리 남편같이 식자깨나 들었다는 사람들이 가난헌 사람들헌테 죄짓고 있는 것이제라. 그라고 어디 빨갱이 된 사람들만 귀 솔깃혔을랍디여? 쌔고 쌘 가난헌 사람들은 순사가 겁난께 티 안 내서 그렇제 다 귀 솔깃해 있구……."

"시끄러, 시끄러!"

임만수가 책상을 쾅쾅 내리쳤다.

"어째 내가 못힐 소리 혔간디요? 설움 중에 배곯는 설움이 제일 큰디, 풀대죽도 못 먹고 팅팅 부황 든 사람들이 허천나게 많은디, 있는 사람들은 헛간에 쌀가마니 차곡차곡 쟁여 놓고 떡 해 먹고 유과 맹글어 먹고, 요런 세상이 어찌……."

"시끄러! 나가, 나가."

임만수는 소리치며 손까지 내저었다. 듣고 있으면 끝도 없이 잔

소리가 계속될 것 같았고, 그 말이 틀린 말도 아니어서 자신이 점점 할 말이 없어질 것 같았다.

죽산댁은 꾸벅 고개를 숙이고는 돌아섰다. 임만수는 그녀의 뒷모습을 바라보며, 고정 감시원을 배치해야겠다고 생각했다.

"대장님, 혹시 손 안 물리셨는게라!"

죽산댁을 심문했다는 말을 들은 염상구가 대뜸 물었다.

"안 물렸으면 운수 좋은 줄 아씨요. 그 여자 별명이 진돗개요. 경찰이 한 대 갈기면 물고 덤비는 여자요. 허 순경은 손가락을 두 개 잘릴 뻔했고, 장 부장은 살점이 한입 떨어져 나갈 뻔했응께요."

임만수는 고개만 끄덕였다. 염상구는 형수를 계속 '그 여자'라고 불렀다.

"사상은 어떻소?"

"사상이랄 것이 있간디요. 남편이 공산당 허는 바람에 마음고생, 몸 고생, 다 허다 본께 빨갱이라면 치를 떨제라."

"대단한 여잡디다."

"말도 마씨요. 염상진이 빨갱이 대장 노릇은 잘해 먹음시롱도 그 여자한테만은 못 이기요."

"생활은 어떻게 하오?"

"원체 사납고 억센께 닥치는 대로 일혀서 그냥저냥 살겄제라."

"그냥저냥이 아니라 조카들이 굶기도 하는 모양이오. 염 단장의 투철한 반공정신이면 빨갱이 집 도와줬다고 안 할 테니 조카들 굶기지는 마시오. 어린것들이 무슨 죄가 있겠소."

"무, 무슨 소리다요?"

"이따 봅시다."

임만수는 뚜벅뚜벅 걸어갔다.

재판소에서 경찰서로 연락을 취했을 때 이미 김범우는 한바탕 매타작을 당한 뒤였다. 몽둥이찜질을 당한 엉덩이가 아파 김범우는 앉지 못하고 벽에 기댄 채 서 있었다. 두 평 남짓한 방에는 열댓 명이 빼곡하게 차 있었다. 그들은 하나같이 두려운 얼굴로 앉아 있었고, 더러는 앓는 소리를 흘리기도 했다. 그들의 혐의는 모두 공산주의에 연결되어 있었다.

경찰서 안은 수라장이었다. 유치장은 유치장대로, 사무실은 사무실대로 잡혀 온 사람들로 들끓었다. 취조하는 형사들의 고함 소리가 살벌하게 뒤엉켰고 어디선가는 자지러지는 비명이 울렸다. 경찰은 공산주의자를 색출하기 위해 혈안이었고, 경찰서는 살벌한 폭행 장소가 되어 있었다.

"이봐, 김범우!"

김범우는 소리 나는 쪽으로 느리게 고개를 돌렸다.

"불렀으면 대답을 혀얄 것 아냐."

한창길의 독기 흐르는 얼굴이 쇠창살에 서너 조각으로 갈라져 소리쳤다.

"왜 그러시오."

김범우는 등을 기대고 선 채 말했다. 꼴도 보기 싫은 작자였다. "그러면 그렇제. 지 놈이 뽈갱이 사상을 가졌응게 그 좋은 군정청 통역 자리를 마다혔제. 아주 잘 만났구만. 요 한창길이 매질 맛 좀 보드라고잉?" 그 작자는 다짜고짜 매타작을 했던 것이다.

"저 시건방진 태도 좀 보소? 요리 싸게 나와."

한창길의 태도는 어딘지 아까와는 많이 달라져 있었다. 김범우는 사람들 사이를 헤집고 창살 가까이 갔다.

"김범우, 재판소 정 판사 영감님허고 어떤 사이여?"

한창길이 대뜸 물은 말이었다. 정 판사 영감? 알 수 없는 사람이었다. 김범우는 아버지를 떠올렸다.

"모르는 사람이오."

"어허, 어째 뻔헌 거짓말을 허능겨?"

한창길은 어울리지 않게 눈을 흘겼다. 아까 몽둥이질을 할 때와는 너무나 다른 얼굴이었다.

"모르니까 모른다고 하는 거요."

"알겠어. 당신은 다 좋은디, 사람을 깔아 보는 거만스러운 태도가 글러 먹었어."

"도대체 왜 불렀소?"

비위가 상한 김범우는 쓴웃음을 물었다.

"여기는 방이 너무 좁은께 나와."

한창길이 자물쇠를 땄다. 김범우는 특혜를 누리는 것 같아 다른 사람들에게 미안해하며 방을 나왔다.

"아까는 미안허게 되았소. 나는 뽈갱이라면 우리 아부지도 외상없는 사람이요. 이해허씨요."

한창길이 복도를 걸으며 말했다. 어느새 존댓말로 바뀌어 있었다. 그가 유난스럽게 '뽈갱이'라고 발음하는 말과 '아버지도 외상 없다.'는 말이 잔인스럽게 어울렸다. 자존심이 상해서라도 한창길 앞에서는 티 나지 않게 걸으려 했지만 통증 때문에 다리가 절룩였다. 김범우는 얼핏 처남 신석주를 떠올렸다.

"혹시 신석주란 사람 아시오?"

"신석주? 그런 악질 뽈갱이를 어찌 아시오?"

복도를 돌아가려던 한창길은 우뚝 멈춰 서며 되물었다.

"그냥 아는 사이요."

김범우는 군이 처남이라고 밝힐 필요를 느끼지 않았다.

"딱 총살감인디 처가 덕에 목숨 구해 광주 고법까지 올라갔소. 고런 놈 가까이혔다가는 당신도 좋을 것 하나 없을 것이요."

한창길은 무척 증오스런 감정으로 말했다.

"그 사람, 내 처남이오."

김범우는 불쑥 말했다.

"워쩨?"

한창길은 놀란 얼굴로 김범우를 빤히 보았다.

"나도 뻘갱이일 것 같소?"

김범우는 한창길의 눈을 맞쏘아보며 '뻘갱이'에 힘을 주어 말했다.

"열 길 물속은 알아도 한 길 사람 속은 모르는 법잉께. 어서 갑시다."

한창길은 어이없다는 표정으로 먼저 걸음을 옮겼다.

"서류가 될 때까지 여기 있으씨요."

김범우는 묵묵히 안으로 들어갔다. 사람이 적을 뿐 아까보다 넓은 방은 아니었다. 김범우는 어깻죽지를 벽에 기대고 팔짱을 끼면서 눈을 감았다. 가만히 서 있는데도 엉덩이가 욱신거렸다. 살이 터지지나 않았는지 모를 일이었다. 한동안은 잠도 엎드려서 자야 할 것 같았다. 전에도 그런 경험이 있었다. 학병 훈련을 받을 때 추위도 혹독했지만, 배고픔은 더 견디기 어려웠다. 고된 훈련에 적은 식사는 모든 훈련병을 허기로 몰아넣었다. 어느 날 마구간 청소 당번이 되었다. 청소를 하다 보니 한쪽 구석에 있는 창

고에서 고소한 냄새가 풍겼다. 그 냄새에 금방 입안에 군침이 괴었다. 살며시 창고 문을 열어 보았다. 둥근 모양의 깻묵이 층층이 쌓여 있었다. 영양식으로 쓰이는 말먹이였다. 도저히 그냥 지나칠 수가 없어서 깨진 덩어리 하나를 주머니에 감추고는 청소를 마쳤다. 그런데 그것을 먹을 곳이 마땅찮았다. 막사로 가지고 갈 수는 없고……. 그러다가 변소를 떠올렸다. 변소로 가긴 했는데, 차마 변소 안에서 깻묵 덩어리를 씹을 수는 없었다. 배고픔 앞에서 어쭙잖게 인간으로서 체면을 지키려던 게 화근이었다. 어차피 말먹이를 훔치면서 인간이기는 포기했으면서. 변소 뒤로 돌아가 깻묵 덩어리를 눈물겹도록 맛있게 먹다가 마침 그곳을 지나가던 하사관에게 붙들리고 말았다. 자꾸 깻묵이 축나서 이상하게 생각했는데 바로 네놈이 범인이었다면서 가혹한 매질을 했다. 처음 한 일이라는 말이 통할 리 없었다. 다른 학병들도 깻묵을 훔쳐 먹은 게 분명했다. 그 죄까지 다 뒤집어쓰고 매타작을 당했다. 그 상처로 열흘 넘게 엎드려서 자야만 했다. 그때 많은 생각을 했다. 인간이란 무엇인가. 동물이란 무엇인가. 굶주림 앞에서 인간은 어디까지 인간일 수 있는가. 얼마 동안의 배고픔도 이렇게 견디기 어려운데 끝이 보이지 않는 굶주림은 얼마나 큰 형벌인가. 아무리 몸부림쳐도 굶주림에서 벗어날 수 없도록 짜여진 사회구조에 얽매여 있는 가난한 사람들, 그들은 인내심이 강한 게 아니다. 사회를 장악한 자들이 그만큼 철두철미하게 잔인한 것이다. 그런 사회구조는 기필코 바뀌어야 한다. 그런 생각을 하면서 염상진을 그리워했었다.

18

수혈

정현동 사장은 먹구름처럼 밀려드는 칙칙한 불안감에서 좀처럼 벗어날 수가 없었다. 찬바람이 섬뜩하게 가슴을 훑고 지나가 부르르 몸서리치며 걸음을 멈추는가 하면, 설핏 잠이 들었다가 낭떠러지로 굴러떨어지는 가위에 눌려 벌떡 일어나고는 했다.

다 큰아들 하섭이 때문이었다. 경찰서에서 풀려나려고 양조장의 반을 빼앗겼고, 그 억울함이 미처 가시기도 전에 토벌대 후원회장이란 같잖은 감투를 쓰게 되어 돈을 내놓지 않을 수 없었다. 속이야 쓰리지만 그래도 그쯤에서 끝난다면 깨끗이 잊을 수도 있었다. 목숨과 바꾸었다고 크게 생각하면 그다지 억울할 것도 없었다. 그러나 큰아들이 좌익에 미쳐 있는 한 앞으로 또 무슨 일이 닥칠지 모를 일이었다.

큰아들이 지금이라도 공산당을 때려치우면 얼마나 좋으랴. 그러나 자취를 감춘 큰아들을 잡을 수도 없는 일이고, 설령 잡는다 해도 애비의 호통도 애원도 듣지 않을 게 뻔했다. 자식이 아니라 웬수로다, 웬수. 정 사장은 다 팔자소관이라고 체념을 씹으며 한 가지 방안을 찾아냈다. 또 닥칠지 모를 신변의 위험이나 재산 손실을 피해 벌교를 뜨는 것이었다. 그러나 어디로 가야 할지, 무슨 일을 해야 할지……. 이런 생각과 함께 낯선 땅에 대한 두려움과 정든 땅을 떠나야 하는 아쉬움이 밀려들었다.

그러나 미적거릴수록 재산만 축날 뿐이었다. 토벌대는 본부를 여관에 정해 놓고 여관잠을 자고 여관밥을 먹고 있었다. 그 비용을 도맡다시피 해야 할 판이니 재산 피해가 엄청날 게 뻔했다. 정 사장은 광주로 뜰 작정을 했다. 광주라면 그런대로 자리 잡고 살아질 것 같았다. 그러나 벌교 만한 데가 어디 있으랴. 튼튼하게 잡혀 있는 기반, 어딜 가나 당당하게 받는 사람대접, 그런 것들이 하루아침에 사라지는 것이다.

몹쓸 놈이 어쩌자고 공산당 물은 들어 가지고……. 대학을 서울로만 보내지 않았더라도……. 수십 번 되풀이한 후회가 다시 일어났다. 그러나 엎질러진 물이었다. 그래, 그놈이 아니었다면 염상진이 손에 죽었을 수도 있지. 정 사장은 큰아들에게 쏟아지려는 원망을 애써 막았다. 사실 큰아들이 아니었다면 염상진의 손아귀에서 빠져나오기 어려웠을 것이다. 죽은 사람들 중에는 재력으로나 읍내 영향력으로나 자신만 못한 사람들이 수두룩했음을 떠올리면 등골에 냉기가 서렸다. 그러면서 큰아들 하섭이가 효도를 해도 큰 효도를 했다는 쪽으로 생각이 기울기도 했다.

광주로 떠날 마음은 먹었지만 재산 처리가 문제였다. 양조장과 농토를 신속하게 처분할 방법을 찾아야 했다. 농토는 몰라도 양조장은 군침 흘리는 사람들이 수두룩했었다. 그런데 그들 대부분이 이번에 황천길로 가 버렸다. 그래도 양조장 처분은 그다지 어려울 것 같지 않았다. 워낙 돈을 찍어 내듯 하는 독점 장사였다. 문제는 농토였다. 농지개혁이다 뭐다 해서 날이 갈수록 땅 많이 가진 사람들이 불안해하고 있는 판에 농토를 제값 받고 처분하기는 어려웠다. 소작을 부치는 것들은 가당찮게도 남의 농토를 공짜로 삼키려고 군침을 흘리고 있었고, 정부에서는 국민들의 불만을 없애기 위해 농지개혁을 서두르게 되리라는 풍문이 나돌고 있었다.

최익승에게 양조장의 재산권 반을 빼앗긴 것은 이미 간단하게 정리해 버렸다. "양조장 공동소유권에 대한 서류는 다음에 내려와 작성하도록 합시다. 지금은 내가 바쁘니까. 허허허허……." 본 사람도 들은 사람도 없이 그때 방 안에는 단둘뿐이었다. 제 놈이

남의 생때같은 재산을 먹어 치우려 하는데 어렴없다. 벌교 바닥
에 붙어살면 또 모를까 벌교 바닥을 떠나는 마당에 팔아 치우면
그만이지 제 놈이 어쩌겠는가.

　이지숙은 텅 빈 교실에 앉아 있었다. 그녀의 마음속은 여러 생
각으로 뒤엉켜 있었다. 앓다가 끌려간 안 선생의 모친, 허벅지에
총상을 입은 안창민, 처음 만난 염상진, 사회주의의 실천, '부를
때까지 깊이 잠적하라!' 서상철 선생의 냉엄한 명령…….
　이지숙은 그 많은 생각 중에 하나를 추려 냈다. 안창민의 모친
을 위해 경찰서장이나 토벌대장을 찾아가야 할지 말아야 할지 결
정해야 했다. 병자라는 이유를 내세워 석방을 사정하면 그들이
들어줄까. 경찰서장이나 토벌대장은 명색이 '장' 자리에 앉은 자
들이니까 말이 통하지 않을까. 안창민 모친은 몰매를 맞아 다친
몸으로 끌려가 또 무슨 고초를 당할지 모를 일이었다. 그 몸으로
찬 마룻바닥에서 이틀 밤을 새운 것만으로도 견디기 어려운 고
문이 되는 셈이었다. 여기까지 생각이 미치자 이지숙은 안 될 때
안 되더라도 해 봐야 한다고 결단을 내렸다. 교실을 나서는 이지
숙의 눈앞에는 혼수상태에 빠진 안창민의 모습이 어릿거렸다. 안
타까운 아픔이 온 가슴을 적셔 왔다.
　전명환 원장한테서 학교로 전화가 걸려 온 것은 그저께 아침이

었다.

"상의드릴 일이 있습니다. 곧 병원으로 와 주셨으면 하는데요."

전 원장은 이 말만 하고 전화를 끊었다. 전화 끊겠다는 말조차 없었다. 안창민 모친을 치료하느라 이미 아는 사이이고 연장자라 해도 그런 식의 전화는 분명 결례였다. 그런데 참 이상한 일이었다. 전화가 끊어졌는데 음산하고도 차가운 바람이 온몸을 휩싸면서 소름이 쭉 끼쳐 왔다. 그리고 지난밤의 총성이 고막을 울렸다. 안창민이 사고를 당했는지도 모른다! 아무런 근거 없이, 그러나 너무나 명확하게 뇌리에 박혀 온 생각이었다. 그녀는 아프다는 핑계를 대고 병원으로 내달았다. 예감은 적중하고 말았다.

"혼수상태는 과한 출혈 때문입니다. 수혈할 피가 없어서 이 선생님과 어떤 사이인지 잘 알지도 못하면서 전화를 드렸습니다. 결례가 아닐지……."

이지숙은 온몸이 떨려 와 두 손을 꼭 맞잡고 앉아 있었다. 안창민의 모친을 간호할 때도 안창민을 마음이 끌리는 남자로 생각하는지 아니면 이념의 동지로 생각하는지 확실치 않았다. 불길한 예감에 쫓기며 병원으로 달려올 때도 마찬가지였다. 그런데 그의 부상과 수술, 열 시간 넘게 혼수상태에 빠져 있다는 이야기를 들으며 그녀의 마음은 걷잡을 수 없이 허물어지고 있었다. 허물어지는 마음의 그 깊은 곳에 색채를 알 수 없는 투명한 구슬이 들어 있었다. 그 구슬은 이념과는 별개의 생명이었다.

"연락 주셔서 고맙습니다. 제 피를 수혈해 주십시오."

이지숙은 고개를 들지 않고 말했다. 의사에게 눈물을 보이고 싶지 않았다.

"혈액형이 맞으면 좋겠습니다. 안 선생은 A형이던데……."

전 원장은 말끝을 흐리며 일어났다.

"저도 A형인데요!"

"그러세요? 그래도 검사는 해 봐야지요."

전 원장이 반기며 돌아섰고, 이지숙의 눈에서는 기어이 눈물이 흘러내렸다.

전 원장을 따라 걸으며 이지숙은 생각했다. 소문대로 훌륭한 의사로구나. 공산주의자라는 것을 알면서도 환자로 받아들이다니. 그러면서도 불안하거나 초조한 기색 없이 어쩌면 저렇게도 편안할 수 있을까.

피를 뽑은 뒤에 병실로 들어서자 안창민은 혼수상태에 빠져 있었다. 얼굴은 창백했고, 안경이 벗겨진 두 눈은 슬프도록 움푹 꺼져 보였다. 이지숙의 가슴은 안쓰러움과 슬픔으로 젖어 들었다. 총을 맞고 어떻게 병원까지 왔을까. 부상을 입고 헤매다가 만약 잡혔더라면……. 아아……. 이지숙은 그만 입술을 물며 시선을 방바닥으로 옮겼다. 방바닥에 눈물이 뚝 떨어졌다. 그는 병약한 듯한 모습으로 지내다가 어느 날 느닷없이 붉은 완장을 찼던 그 용맹스러움으로 총상을 입고도 고통을 이겨 내며 병원을 찾아와 이렇게 엄연히 내 앞에 있지 않느냐. 이지숙은 감상으로 치우치는 자신을 꾸짖고 있었다.

'혁명은 피다.' '혁명은 피를 흘리는 희생으로부터 시작된다.' 서상철 선생의 쟁쟁한 목소리가 들려왔다. 이지숙은 혼수상태에 빠져 있는 안창민을 바라보았다. 진정한 혁명 전사의 모습이 거기에 있었다.

"수혈을 하면 효과가 빠를 겁니다."

전 원장의 말에 이지숙은 생각에서 깨어났다. 거꾸로 매달린 병에 담긴 피가 한 방울씩 떨어지고 있었다. 자신의 생명의 일부가 안창민의 생명과 섞이고 있었다. 그것은 위급한 생명을 구하기 위한 단순한 헌혈과 수혈이 아니었다. 그의 몸속에서 하나가 되리라. 내 생명으로 그의 생명을 깨우고, 생명이 다하는 날까지 그와 하나로 있으리라. 그녀는 스스로의 가슴에 정질을 하고 있었다.

염상진을 만난 것은 그날 밤이었다. 일단 학교로 돌아갔다가 퇴근하는 길에 병원으로 갔다. 그때까지도 안창민은 혼수상태였다. 날이 어두워지기 시작했지만 도저히 집으로 돌아갈 수가 없었다.

9시가 가까워 원장이 부른다는 전갈을 받고 간호원을 따라갔다. 간호원이 안내한 방은 자신이 피를 뽑은 방이었다. 무심코 안으로 들어서던 이지숙은 주춤 멈춰 섰다. 아까 자신이 누웠던 진찰대 위에 한 남자가 누워 피를 뽑고 있었다.

"두 분 서로 인사 나누시지요."

전 원장이 나직하게 말했다.

"안녕하십니까, 이 선생님. 저는 염상진이라고 합니다."

남자가 누운 채로 고개를 들며 말했다. 이지숙은 이미 먼발치로나마 알고 있던 인물이었다. 그의 얼굴을 보는 순간 그녀는 가슴속에 쌓여 있던 의혹이 풀렸다. 다른 사람들은 다 어떻게 되었을까? 부상자를 버리고 도망을 갔단 말인가? 그런 의혹에 하루 종일 시달렸던 것이다.

"안녕하세요, 이지숙입니다."

그녀는 고개를 약간 숙여 보였을 뿐 눈길은 그대로 염상진에게 보내고 있었다.

"이 선생께서 하신 일 원장님께 들었습니다. 안 동지를 대신해서 감사드립니다."

염상진은 전 원장을 의식해서 '동무' 대신 '동지'라는 말을 썼다.

"……"

이지숙은 아무 대꾸도 하고 싶지 않았다. 염상진은 위원장으로서 감사를 표하는지 모르지만 자신이 한 일은 조직과는 아무 상관 없는 것이었다.

"마침 염 선생이 O형이라 수혈이 가능합니다."

전 원장은 혼잣말하듯 하고는 밖으로 나갔다.

"빨갱이를 돕다가 발각될지도 모르는데, 이 선생은 두렵지 않습니까?"

이지숙은 그 질문의 의도가 무엇인지 알고 있었다. 자신의 정체를 파악하고 싶은 것이었다. 이지숙은 굳이 피하고 싶지 않았다. 이미 안창민과 하나이기를 스스로 다짐한 까닭이었다.

"혹시 서상철 선생님을 아시는지요?"

"아니, 광주서중의?"

염상진은 몸을 벌떡 일으켰다.

"지금 피를 뽑고 있는데, 그대로 누워 계시지요."

이지숙의 음성은 침착했다.

"그럽시다. 헌데 그분과는?"

염상진의 눈에는 이상한 빛이 감돌고 있었다.

"조직의 일원입니다."

"……!"

염상진과 이지숙의 거센 눈길이 맞부딪쳤다.

"그렇다면 유감이오. 그동안 협조가 없었다니."

"저는 서상철 동무의 지시만 받습니다."

어느덧 '선생님'이 '동무'로 바뀌어 있었다.

"그럼, 이번 협조도 그 지시에 따른 것이오?"

"그렇진 않습니다. 그 정도는 제 뜻으로도 할 수 있습니다."

"좋소. 어쨌든 반갑소."

염상진은 고개를 돌렸다. 서상철 선생한테 이념 교육을 받았다면 정신 무장은 제대로 되어 있을 게 분명했다. 서상철은 이미 교직을 떠나 지하로 잠적한 상태였다. 해외 어딘가로 피신한 것으로 알려진 박헌영 동지가 해방과 함께 광주 벽돌 공장에서 막노동을 하며 은신 투쟁을 계속했다는 사실이 밝혀졌다. 그 사실은 모든 동지들에게 놀라움이었다. 서상철은 바로 그때 드러난 인물이었다. 조직만 바꾸면 이지숙은 쓸 만한 일꾼이 되리라 싶었다. 염상진은 허전하던 가슴 한구석이 비로소 뿌듯하게 채워지는 기분이었다. 이지숙의 매서운 눈빛과 냉정한 태도가 더없이 믿음직스러웠다.

"맥박이 많이 안정되어 갑니다."

그동안 병실을 다녀오는지 전 원장이 문을 열고 들어서며 밝게 말했다.

"앞으로 얼마나 걸릴까요?"

염상진이 천장을 올려다본 채 물었다.

"다행히 뼈를 상하지 않아 회복은 빠를 겁니다. 그래도 상처가 아무는 데 열흘, 자유롭게 움직이기까지는 한 달쯤 걸릴 겁니다."

염상진은 터지려는 한숨을 억눌렀다. 토벌대까지 진을 친 적지에서 열흘은 너무나 길었다.

이지숙은 경찰서로 갔다. 경찰서장은 잔뜩 찡그린 얼굴로 이지숙의 말을 듣다가 갑자기 말허리를 잘랐다.

"그 문제라면 토벌대장을 찾아가시오. 나하고는 상관없는 문제요."

이지숙은 물러날 수밖에 없었다.

그길로 북국민학교로 토벌대장을 찾아갔다. 토벌대장을 만나기는 경찰서장을 만나는 것보다 몇 갑절 힘들었다. 교문에 선 보초들이 막무가내로 떼밀어 댔던 것이다.

토벌대장이 있는 교실로 들어서던 이지숙은 멈칫했다. 먼저 눈이 마주친 남자가 청년단장 염상구였다. 나를 알아보면 어쩌나 하는 불안감이 일었다. 그러나 이지숙은 동요 없이 다소곳한 몸짓으로 걸음을 옮겼다.

"어느 분이 토벌대장이신지요?"

이지숙은 일부러 그렇게 물었다. 염상구를 모른 체해서 혹시 그가 가지고 있을지도 모를 자신에 대한 기억을 흐려 놓기 위함이었다.

"나요, 왜 그러쇼."

"안녕하십니까, 처음 뵙겠습니다. 저는 이지숙이라고 합니다."

그녀는 허리가 반으로 접히도록 공손하게 인사를 했다.

"거…… 무슨 일이쇼?"

뜻하지 않은 절을 받은 탓인지 토벌대장은 약간 당황스러워했다.

"대장님께 긴히 부탁드릴 말씀이 있어서……."

이지숙은 주저하며 염상구 쪽을 힐끗힐끗 곁눈질했다. 염상구를 물리쳐 달라는 뜻이었다. 토벌대장은 염상구 쪽으로 눈길을 돌렸다. 그러나 그만 찔끔하고 말았다. 염상구는 잔뜩 의혹에 찬 얼굴로 이쪽을 빤히 보고 있었다.

"상관없소. 용건을 말하시오."

이지숙은 낭패스러웠다. 그러나 주저하다가는 의심을 받을 염려가 있었다.

"네, 안창민이 제 이종사촌 오빱니다. 오빠 죄는 알고 있습니다만, 늙으신 이모님이 무슨 죄가 있겠습니까. 이모님은 며칠 전에 젊은이들한테 폭행을 당해 앓고 계시던 중이었습니다. 병환이 심하신데 다시 이곳에 오셨으니, 너무 걱정이 되어 찾아뵙게 됐습니다. 대장님께서 선처하시어 이모님을 모셔 가게 해 주십사 부탁드립니다."

이지숙은 미리 준비한 말을 침착하게 마쳤다.

"빨갱이 오빠를 둬서 그런가 말이 아주 청산유수로군." 토벌대장은 피식 비웃음을 날리고는, "그런 건이라면 당장 돌아가시오. 조사가 끝나기 전에는 내 어머니라도 풀어 줄 수 없으니까." 하고는 의자에서 벌떡 일어섰다.

이지숙은 머뭇거렸다.

"가요! 돌아가서 기다려요."

토벌대장이 짜증스럽게 소리쳤다. 이지숙은 돌아설 수밖에 없었다.

염상구는 이지숙의 뒷모습에 고약스러운 눈길을 보낸 채 계속 기억을 더듬고 있었다. 어디서 본 얼굴인데, 어디서 보았을까. 알 듯 하면서도 기억은 떠오르지 않았다.

보리밥에 고구마가 듬성듬성 섞인 저녁밥을 구산댁은 반밖에 먹지 못하고 숟가락을 놓았다. 다시 잡혀 들어간 딸 걱정에 밥맛을 잃은 데다 눈칫밥을 먹고 있는 두 외손자에게 한 숟가락이라도 더 먹이고 싶었다. 구산댁은 옆에 앉은 아들의 눈치를 흘깃 살피고는 게걸스럽게 밥을 퍼 넣고 있는 친손자와 외손자 셋의 밥그릇에 밥을 똑같이 나눠 주었다.

"끼니때마다 그러다가 엄니 병나겄소."

아들이 퉁명스럽게 말했다.

"통 입맛이 없응께 어쩌겄냐."

구산댁은 궁색스럽게 대꾸했다. 외손자는 위해 봤자 디딜방아 절구공이라는 말이 있지만, 당장 아프고 쓰린 마음이야 어쩔 도리가 없었다.

"어째, 길남이 에미 소식 좀 들었냐?"

구산댁은 아들이 숟가락을 놓기를 기다려 어렵게 물었다.

"미친놈들이 되잖을 쌈을 먼저 걸어왔는디 토벌대가 쉽게 풀어 주겄소? 처자식 녹아나는지 모르는 넋 나간 놈들이요."

구산댁은 괜히 말을 물었다 싶었다. 아들의 욕은 바로 제 매형에게 하는 것이었다.

"잊고 기다리씨요."

아들이 자리를 차고 일어섰다.

"다 어두웠는디 어디 갈라고?"

"오 서방이 보자니께 가 봐야제라."

구산댁은 가슴이 섬뜩해졌다.

"무슨 일 있간디?"

"심심헌께 부르는갑소."

"댕겨오니라. 영 늦으면 아주 자고 와 뿔고."

한동네지만 밤늦게 다니다가 무슨 일을 당할지 몰라 구산댁은 그렇게 말했다. 아들이 방을 나가자 구산댁은 가느다란 한숨을 쉬었다. '오 서방'이란 말만 들어도 가슴이 죄어드는 자신의 신세가 한심했다. 그가 주인도 아닌 마름일 뿐인데도 그렇게 평생을 살아왔다. 마름이라는 것이 도움을 줄 수는 없어도 해코지는 얼마든지 할 수 있었다. 오 서방이 아들을 부른 것은 보나 마나 제가 이기게 되어 있는 화투판을 벌여 놓고 술잔이나 뺏어 먹으려는 수작일 것이다. 작인은 뼈 빠지게 농사지어 지주한테 바치고, 마름한테 뜯기고, 평생 그 꼴을 면할 수 없게 되어 있었다.

집을 나선 서인출은 무거운 마음으로 어둠 속을 걷고 있었다.

빨갱이질 하는 매형이야 진작부터 없는 셈 치고 있지만 누님이 걱정이었다. 빨갱이 집안에는 새해부터 소작을 주지 않는다는 풍문이 나돌고 있었다. 그게 사실이라면 누님은 살길이 막막해지는 것이었다. 매형은 모두 공평하게 잘사는 세상 만들겠다고 10년을 허송하더니, 결국 자기 아버지를 잡아먹고 처자식까지 굶어 죽을 길로 몰아넣은 셈이었다.

서인출은 오 서방네 집 앞에 이르러 누님 생각을 털어 냈다. 어차피 두고 볼 수밖에 없는 일이었다.

"동평 아재, 인출이구만요."

"어이, 종연이도 왔응께 아랫방으로 드소. 나 얼렁 밥 먹고 나갈 팅께."

"알겄구만요."

서인출이 돌아서는데 마구간 옆에 달려 있는 방문이 열렸다.

"동생 오는가?"

불빛을 등지고 앉아 얼굴이 보이지 않는 김종연이 말을 던져 왔다.

"어이, 예의 바르시. 동생이 먼저 와서 성님을 기다려야 허는 법이시."

서인출은 맞받아서 농담을 던졌다. 두 사람은 동년배였다.

"와따, 부잣집이라 그런지 겨울이 멀었는디 방이 쩔쩔 끓네. 허,

저 고구마도 굉장허시."

서인출이 자리를 잡으며 말했다. 마름의 집답게 아랫목은 따끈
따끈했고, 윗목에는 싸릿대를 엮어 갈무리해 둔 고구마가 방을
반이나 차지하고 있었다. 서인출은 저 정도면 매일 세끼를 고구마
만 먹어도 내년 3월까지는 넉넉하겠구나 싶었다. 겨우 방구석을
채우고 있는 자기네 집 고구마가 얼핏 떠올랐다.

두 사람보다 서너 살 위인 유동수와 중년의 장칠복이 방으로
들어서면서 모인 사람은 모두 다섯이 되었다.

"뭐 똑별난 일이 있어서 만나자는 것은 아니고 추수 마치고 난
게 영판 짭짭혀서(심심해서) 어디 살겠드라고? 그래서 우리끼리
이야기나 허자고 모이잔 것이네."

마름 오동평이 끄윽 트림을 하며 말했다.

"근디 그날 밤 그 사람들이 참말로 토벌대하고 싸울라고 혔을
까?"

장칠복이 혼잣말처럼 하며 고개를 갸웃했다.

"하면, 원족 나왔을 것인가?"

오동평이 비꼬는 투로 말했다.

"원족이야 아니겠지만, 그 사람들이 몇 안 되았다는디, 토벌대
허고 싸울라면야 그리 왔을 것이요?"

"그 말 맞구만이라. 맘먹고 싸우러 왔으면 총소리가 그리 금방

그칠 리 없제라."

유동수가 고개를 끄덕였다.

"성님 말도 맞긴 헌디, 싸워 보니 영 힘이 달려 내뺀 것 아닐께라?"

서인출의 말이었다.

"어허, 고 말이야 그 사람들이 싸우러 왔을 적에나 해당허는 말아닌가. 시방 허는 말은 그 사람들이 몇 안 왔더라 고런 말이시."

장칠복이 구부정한 허리를 펴며 말했다.

"허면 뭐헐라고 왔답디여?"

김종연이 화투짝을 치며 물었다.

"그걸 알면 내가 염상진이게?"

장칠복의 허리가 다시 제 모습으로 구부정해졌다.

"인제 빨갱이 세상은 끝나 뿌렀다."

오동평이 자신 있게 말했다.

"그 사람들보고 물어보씨요, 끝났다고 허는가."

유동수가 고개를 저었다.

"즈그들이야 이 세상을 엎고 싶었제. 근디 나라가 금허는 일이란 걸 알아야 써."

"제길, 나라도 틀려먹었소. 토지개혁인지 농지개혁인지 싸게싸게 해치우면 빨갱이들이 내세울 것이 없어진께 저절로 깨지고 말

것 아니요."

김종연이 목청을 돋우었다.

"자네 말이 맞네."

장칠복이 크게 고개를 끄덕였다.

"근디, 토벌대라는 것들이 아주 틀려먹었습디다?"

유동수가 얼굴을 찡그렸다.

"토벌대가 어째서?"

오동평이 덤덤한 표정으로 물었다.

"숨은 빨갱이 잡는다고 어제 칠동을 발칵 뒤집었다는디, 아무나 잡고 주먹질을 안 허나, 아가씨들을 희롱허질 않나, 구장 집에서 점심을 냈는디 찬이 나쁘다고 상을 엎질 않나, 개가 짖어 댄께 총 쏴서 죽이질 않나, 행패가 말도 못허는갑습디다."

"어허, 그놈들이 환장을 혔는갑네."

오동평은 그제야 낯빛이 달라졌다.

"빨갱이 뿌리를 뽑는다고 동네마다 이 잡듯이 뒤진다니 우리 동네에도 오긴 올 것인디, 어찌 될랑가 모르겄소."

"토벌대 놈들 애시당초 글러 먹었네. 빨갱이 잡겄다는 것들이 여관 생활을 벌였다 이것이여."

장칠복이 구부정한 허리를 펴며 말했다.

"빨갱이 잡는 것은 뒷전 치고 그놈들부터 잡아야 쓰겄구만."

182

서인출은 쓴 입맛을 다시며 고개를 저었다.

"고것들이 똑 청년단 날치듯 허는갑구만."

오동평이 마땅찮은 표정으로 좌중을 훑어보았다.

"맞구만이라. 안 그래도 그것들이 청년단허고 합동작전을 헌답
디다."

유동수가 어처구니없다는 듯 코웃음을 쳤다.

"참말로 염병헐 놈의 세상이다!"

장칠복이 목소리를 높였다.

"동평 아재, ……빨갱이 집안은 내년부터 소작을 안 준다든디,
참말일께라?"

서인출은 아까부터 마음에 담고 있던 말을 꺼냈다. 오동평은
거만스러운 표정을 지으며 자리를 고쳐 앉았다.

"고것이야 당연지사 아니라고? 요번에 빨갱이 놈들 손에 절딴
안 난 지주가 없는 판인디, 웬수 놈의 집구석에 소작을 주겠는가.
우리 주인 아짐씨만 혀도 한약을 먹어도 몸이 안 낫고 시름시름
앓는디, 어째 그러겄는가. 남편 흉악허게 죽는 꼴 보고 얻은 마음
병잉께 좋은 약을 써도 소용이 없는 것이제. 그런 우리 아짐씨가
빨갱이 집안에 소작을 주겠는가?"

희끄무레한 등잔불 빛이 서린 방 안에 침묵이 흘렀다. 오동평
을 뺀 네 사람은 우울한 낯빛으로 방바닥만 내려다보고 있었다.

그들은 윤 부자네 땅을 부치고 있는 작인들이었다. 윤 부자가 소화다리에서 죽어 갈 때 그들은 속으로 쾌재를 불렀고, 염상진이야말로 '영웅'인 줄 알았다.

"여기 앉은 사람들이야 빨갱이 덕 볼지 누가 아는가? 밥 꺼졌응께 화투나 한판 놀아 보드라고."

오동평의 말에 네 사람은 제각기 앉음새를 고쳤다. 자리를 좁혀 앉긴 했지만 전혀 흥 나는 표정들이 아니었다.

호령하는 양반보다 덩달아 꺼떡대는 마당쇠가 더 얄밉더라고, 작인들에게 마름은 지주보다 더 아니꼬웠다. 마름은 어디까지나 지주 편이어서, 양쪽에서 잇속을 챙기는 짓을 서슴없이 했다. 마름은 한마디로 메마른 작인들의 등에 붙어 피를 빠는 진딧물이었다. 작인들은 지주에게 빨리고 남은 피를 다시 마름에게 빨렸다. 지주들은 마름들이 저지르는 못된 짓을 다 알면서도 굳이 막지 않았다. 자기들에게 손해가 없는 데다, 그런 잇속을 눈감아 줌으로써 마름들은 자기네 손발 노릇을 더 열성으로 해냈던 것이다.

마름의 권한 중에 가장 큰 게 소작을 떼고 붙이는 일이었다. 그건 지주의 절대권이지만 그 결정 과정에서 마름의 입김이 알게 모르게 작용했다. "그 인종이 게을러빠져서."라거나, "말이 많아 다른 작인들까지……."라는 말을 끼워 넣게 되면 그 작인에게 더 소작을 내줄 지주는 없었다. 그러니까 마름은 지주의 절대권에서 3분의 1쯤은 차지하고 있는 셈이었다. 그 권한 앞에서 작인들은 오금을 펴지 못했다.

"그 암탉, 살이 통통허니 올랐네그랴." 하며 마름이 닭장 앞을 지나치기라도 하면 그날 밤으로 닭을 잡아다 바쳐야 했고, "어이 김 서방, 우리 집에 손볼 데가 좀 있는디." 이 한마디면 열 일 제쳐 놓고 마름 집 일부터 하지 않을 수 없었다.

그들 다섯 사람이 토벌대에 잡혀간 것은 다음 날 오후였다. 그들은 빨갱이 찬양과 토벌대 비방이라는 죄목으로 몽둥이찜질을 당하고 다음 날 아침에야 풀려났다. 그들 다섯은 서로 따지고 들었지만 토벌대에 고자질한 사람은 없었다. 귀신이 곡할 노릇이었다. 그러나 그들 다섯 중에 고자질한 사람은 분명 있었다. 똑같이 잡아가고, 똑같이 조사하고, 똑같이 풀어 놓았기 때문에 감춰져 있을 뿐이었다. 그건 염상구의 솜씨였다. 토벌대장과의 약속에 따라 염상구는 동네마다 그런 조직을 새로 만들었던 것이다.

19

긴 한숨

배윤오는 휘청거리는 걸음으로 북국민학교를 나왔다.

"공무원 동생이 빨갱이라니, 그래 가지고 어디 출세하겠어? 공무원 노릇 일찌감치 때려치우든지, 동생 놈을 자수시키든지, 둘 중에 하날 해."

토벌대장의 가차 없는 말이었다.

배윤오는 어금니를 맞물었다. 지금까지 직장에서 눈치를 살피며 살아왔지만 그런 힐난을 듣기는 처음이었다. 망할 자식, 누구 신세를 망치려고, 배윤오는 동생에게 증오심이 끓어올랐다.

"배성오 놈이 나타나면 자수시킬 수 있어, 없어?"

토벌대장의 추궁에 배윤오는 자신 있게 대답할 수가 없었다. 마음 같아서는 열 번이라도 자수시키고 싶었고, 토벌대장이 만족할 대답을 하고 싶었다. 그러나 그 대답은 불가능했다.

동생이라면 우선 만만하고 그래서 사랑스럽고 귀여워야 했다. 그런데 그에게 동생은 늘 만만찮고 그래서 밉고 보기 싫은 대상이었다. 물론 동생이 만만하고 귀여웠던 때가 없지는 않았다. 그러나 그건 동생이 열 살쯤 되면서 끝나고 말았다. 두 살 터울인 동생은 그때부터 몸집이 자신보다 커지고 기운도 세졌다. 팔씨름을 해도, 장작을 날라도 당할 수가 없었다. 아이들과 놀다가 싸움이 붙어도 다른 아이들 형처럼 도와줄 수도 없었다. 갈수록 힘의 차이는 벌어지기만 했고, 그러면서 동생은 형 말을 들으려 하지 않았다. 듣지 않을 뿐만 아니라 덤비기까지 했다. 그때부터 동생이 미워지기 시작했다. 그가 동생의 기를 꺾을 방법은 공부뿐이었다. 그는 죽자 사자 공부만 파고들었다. 당연히 동생과의 성적 차이는 엄청나게 벌어졌다. 그는 학기마다 우등상을 탔지만 동생은 늘 하위권에 머물렀다. 하지만 동생은 여전히 제멋대로였고, 농고에 가더니 빨갱이 사상에 물들고 말았다. 아버지는 동생에게 몽둥이질까지 했다. 그래도 동생은 마음을 돌리지 않았다.

그런 동생을 자수시키라니, 배윤오는 절망적인 한숨을 토해 냈다.

"성일아, 감 먹어. 달고 맛있다."

장지문을 조심스럽게 열고 들어선 경희는 동생의 눈치를 살폈다.

"놓고 나가."

책상머리에 앉아 있긴 하지만 전혀 공부하는 것 같지 않은 동생이 얼굴도 돌리지 않고 말했다. 경희는 어이없다는 듯 동생의 뒤에 대고 눈을 흘겼다. 그녀의 머리에는 나비 모양의 삼베 상장이 꽂혀 있었다.

"혼자 먹기 싫으면 나하고 함께 먹자."

경희는 방바닥에 앉았다.

"놓고 나가라니까!"

성일의 짜증스러운 목소리가 왈칵 커졌다. 과일 접시를 방바닥에 놓던 경희의 고개가 동생 쪽으로 휙 돌아갔다. 성질대로 한마디 쏘아붙이려던 그녀는 문득 감정을 눌렀다. 아버지……. 머리만 길지 않을 뿐 동생의 뒷모습은 영락없이 아버지를 닮아 있었다. "경희야, 니가 좀 건너가 보거라. 성일이가 요새 무슨 고민이 있는갑는디, 이 구식 에미가 말이 통허겄냐. 느그끼리야 말이 될 것잉께 어찌해 봐라." 어머니가 그처럼 애달파함은 벌써 동생의 모습에서 아버지를 느끼고 있어서였는지도 몰랐다.

"성일아, 내가 꼭 너하고 과일을 먹고 싶어서 그런 줄 아니? 이야기 좀 하자는 거야. 무슨 고민이 있는지 모르지만 주위 사람도 생각해야지. 다른 사람은 몰라도 어머니만큼은 신경 써야 하지 않겠니. 아버지가 갑자기 돌아가시고, 제일 기막히고 슬픈 사람이 누구겠니. 너나 나, 동생들? 어림없어. 우리 아픔이나 슬픔을 다 합해도 아마 어머니를 못 당할 거야. 그런 어머니를 위로는 못할망정 걱정을 끼쳐서야 되겠니? 넌 더구나 장남이야."

경희는 차분하게 말했다. 듣고만 있던 성일이 천천히 누나 쪽으로 돌아앉았다.

"서울 유학 1년에 누나 말 많이 늘었네."

성일은 사과하는 대신 이렇게 눙치고 들었다. 그러나 얼굴의 우울한 빛은 그대로였다.

"요게!"

경희는 주먹을 들어 쥐어박는 시늉을 하며 눈을 흘겼다. 그 눈길이 더없이 정겨웠다.

"정말 너 요새 무슨 고민 있니?"

"뭐…… 별거 아냐."

"그렇게 말할 줄 알았어. 그런데 옆에서 보기에는 그렇지가 않아. 네 고민은 말 안 해도 좋지만 겉으로 드러내지는 마. 네 고민이 드러나서 제삼자에게 피해를 입히는 것처럼 유치한 일은 없으니까. 내 말 이해하겠니?"

"충분히."

성일은 복잡한 감정으로 누이를 바라보았다.

"왜 그렇게 사람을 보니?"

"뭐랄까……, 대학생 되더니 누나가 무섭게 달라졌구나 하는 생각을 했어."

"말 몇 마디 가지고 너무 빠른 판단 같다. 앞으로는 정말 급속도로 달라지겠지."

경희의 낯빛이 우울하게 변했다.

"그건 왜?"

"아버지가 돌아가셨으니까."

예상했던 대답이었다.

"그래서는 안 돼. 우리는 아버지가 살아 계실 때처럼 지내야 해. 우리가 변하면 어머니가 더 난처해질 테니까."

"그래, 네 말이 맞아. 우리 그렇게 하자."

경희는 동생의 손을 잡았다. 동생의 손이 주는 부피감은 이미 다 큰 남자였다. 한 줄기 바람이 가슴을 훑고 지나갔다. 아버지를 잃은 슬픔과 대학을 1학년에서 그만둬야 할지 모른다는 불안감이 일으킨 바람이었다. 죽일 놈들, 금융조합장이 뭘 잘못했다고, 그녀는 부르르 몸서리를 쳤다.

"얼른 감 먹어라."

경희는 분함과 억울함 때문에 울음이 터질 것 같아 자리를 차고 일어났다. 성일은 뛰쳐나가는 누이를 멍하니 바라보았다. 서울

에서 내려와 아버지의 관을 붙들고 까무러치던 누이의 모습이
겹쳐 보였다. 아버지는 누이를 무척이나 사랑했다. 누이가 서울로
대학을 갈 수 있었던 것도 순전히 아버지 덕이었다. 누이는 시인
이 꿈이었지만 아버지가 현모양처의 길을 원했으므로 가정과를
택해야 했다.

성일이 방에 틀어박히게 된 것은 하판석 영감의 사망 소식을
듣고부터였다.

"네 생각대로 하판석인가 뭔가 하는 영감탱이가 죽었다."

윤태주의 말을 듣고 성일이 받은 충격은 이만저만이 아니었다.
정신이 아찔해지면서 눈앞에 아무것도 보이지 않았다.

"얌마, 눈 떠. 눈 뜨라니까."

양쪽 볼에 가벼운 충격이 전해져 오며 멀리서 그런 소리가 어
렴풋이 들리는 것 같았다. 성일은 가까스로 눈을 떴지만, 가슴
은 벌떡거리고, 귀에서는 벌 떼 날아가는 듯한 소리가 울리고 있
었다.

"이 자식 이거, 이제 보니 간뎅이가 콩알만 하네. 까짓걸 가지고
뭘 그리 놀라? 청년단장이 책임지기로 했으니까 넌 입 딱 닥치고
있으면 돼. 가자, 내가 술 한잔 살 테니까."

"아니야, 형, 나 그만 가 봐야겠어."

성일은 창백한 이마를 훔치며 일어섰다.

그날 밤부터 성일은 하판석 영감을 꿈에서 만나야 했다. 그날 밤 몰매질하던 장면이 생생하게 나타나기도 하고, 죽은 영감이 벌떡 되살아나기도 하고, 피를 철철 흘리며 쫓아오기도 하고, 붉은 완장을 찬 영감의 아들에게 붙들려 죽기도 했다.

아버지를 죽인 원수의 아버지일 뿐이라고, 아버지는 마흔일곱에 돌아가셨는데 그 영감은 예순도 넘었다고, 아버지는 금융조합장인데 그 영감은 농사꾼일 뿐이라고, 합리화해 보았지만 자신이 그 영감을 죽였다는 죄의식에서 벗어날 수는 없었다. 영감이 아니고 아들 하대치를 죽였다면 그런 죄의식은커녕 아버지의 원수를 갚았다는 통쾌함에 오히려 힘이 솟구칠 것이었다. 그런데 영감은 하대치와 똑같이 느껴지지 않았다. 그 뒤로 입맛도 잃고, 아무도 만나고 싶지 않았다. 그런데 어머니가 누이를 들여보낸 것이다. 티 내지 않으려 했는데도 티가 난 모양이었다. 누이 말마따나 아버지를 잃은 어머니의 아픔과 슬픔에 다른 걱정거리까지 보탤 수는 없는 노릇이었다.

동생의 방을 나선 경희는 마루 끝으로 나섰다. 푸른 하늘에 한 조각 흰 구름이 떠 있었다. 그 구름 위에 아버지의 얼굴이 나타났다. 그런데 아버지의 얼굴을 덮어 버리는 얼굴이 있었다. 정하섭이었다.

그 사람이 공산주의자이리라고는 상상도 못했다. 그를 종로통

서점에서 마주친 것은 지난 4월이었다. 정하섭도 반가워했고 자신도 반가워했다. 천 리 밖 타향에서 까닭 모르게 가슴을 적셔오는 향수가 그런 반가움을 일으켰을 것이다. 더구나 두 사람은 몇 년이나 같은 통학 열차를 타고 다닌 막연한 친숙감까지 깔려 있는 사이였다. 꼭 누구의 제의라고 할 것도 없이 두 사람은 가까운 다방에 자리를 잡았다.

"무슨 책을 사셨는지요?"

"릴케 시집이 새로 나와서……."

"아직도 시인 될 꿈을 갖고 있는 모양이군요."

"아니, 어떻게……."

"그야 통학 열차 안에 다 퍼졌던 소문 아닙니까. 온갖 소문이 가득 차 있던 데가 통학 열차니까요."

정하섭이 쿡쿡 웃었다. 그러나 경희는 따라 웃을 수 없었다. 그가 자신의 또 다른 소문을 떠올리며 웃는 것 같았기 때문이다. 경희는 터무니없는 소문에 억울해하며 발을 구른 적이 한두 번이 아니었다. 다 빼어난 인물 덕에 당한 수난이었다. 남학생들은 그녀를 놓고 기분 내키는 대로 지껄여 댔다. 소문대로라면 그녀는 애인이 수십 명에 이르고, 키스는 수백 번 한 탕녀였다.

그렇게 시작된 정하섭과의 이야기는 꽤나 길게 이어졌다. 헤어지면서 정하섭은 다음 일요일에 서울 구경을 시켜 주고 싶은데 어떠냐고 제의했고, 그의 서울 생활이 자신보다 1년 먼저라는 사실을 떠올리며 약속에 응했다.

정하섭과는 한 달에 한두 차례 만났다. 만날수록 그녀의 가슴에는 정하섭이 남자로 커 가기 시작했다. 시를 쓰려고 펼쳐 놓은 백지 위에는 정하섭이란 이름과 사랑을 앓는 언어들이 낙서로 채워지고는 했다.

그런데…… 바로 그 사람이 공산주의자였던 것이다. 반란 사건이 터지자 그는 벌교에 나타났고, 아버지는 공산주의자들 손에 죽었다. 그가 직접 저지른 일은 아니라 해도 같은 집단으로서 엄연한 간접 살인자였다. 아, 그런 자를 사랑하다니……. 그녀는 바르르 몸을 떨며 그를 철저하게 미워해야 한다고, 철저하게 증오해야 한다고 스스로에게 부르짖었다.

집으로 돌아온 지 사흘째 되는 날 김범우는 밖으로 나섰다. 꼬박 이틀을 엎드려 엉덩이에 냉수 찜질을 받다 보니 허리가 아파 더 엎드려 있을 수가 없었다. 찜질 덕에 통증은 어지간히 다스려져 있었다.

바람결에 겨울 기운이 서려 있었다. 경찰서로 잡혀가던 때가 새삼스럽게 떠올랐다. 어이없는 봉변이었다. "아무도 탓할 것 없다." 아버지의 당부가 아니더라도 김범우는 그 문제로 시간 낭비를 하

지 않으려 했다. 최익승이나 서장은 상대할 가치가 없는 자들이
었다.

　　미국 사람 믿지 말고
　　소련한테 속지 말고
　　일본 놈들 일어난다
　　조선 사람 조심하세

　예닐곱 명의 아이들이 땅바닥에 그어 놓은 '사닥다리 오르내리
기' 놀이를 하며 부르는 노랫소리였다. 잡으려는 쪽과 잡히지 않
으려는 쪽으로 나뉜 아이들의 몸짓은 하나같이 재빨랐고, 아이
들의 입에서는 그 소리가 반복되고 있었다. 아이들의 까불거리는
모습과 그 노랫말은 너무나 거리가 멀었다.
　김범우는 아이들을 한참이나 바라보고 서 있었다. 미국 사람
믿지 말고, 소련한테 속지 말고……. 그는 어느덧 아이들을 따라
그 단조로운 가락을 뇌고 있었다. 서글픔이 밀려왔다.
　노랫말은 이미 오래전, 해방과 더불어 퍼졌다. 그런데 노래로 듣
기는 처음이었다. 그냥 말로만 듣는 것과 가락으로 듣는 것은 그
감정의 밀도가 달랐다. 나라가 어려움에 처하면 국운을 예언하는
노래가 생겨나 아이들의 입을 통해 전설처럼 번져 나가는 건 역

사 속에 흔히 등장하는 일이다. 그것은 단순한 전설만은 아니다! 민심은 천심이라 했다. 그 노래는 하늘의 일깨움이고 하늘의 예언인지도 모른다. 아이들의 입을 빌려 나타난 예언을 알아듣지 못한 귀머거리는 바로 나라를 다스리는 위정자들이었다. 귀머거리 위정자들은 언제나 예언의 반대쪽 길로만 나갔고, 끝내는 나라를 망치는 파멸의 구렁텅이로 빠지고 말았다.

일본 놈들 일어난다, 조선 사람 조심하세……. 예언을 제대로 알아듣는 자가 없고, 그래서 실천될 수 없기에 예언은 언제나 빛으로만 남는지도 모른다고 김범우는 생각했다. 미국 사람을 믿고, 소련한테 속아 남북이 이미 서로 다른 정권을 세움으로써 예언과는 반대 방향으로 치닫고 있는 것이 현실이었다.

김범우는 횡계다리 중간쯤에 이르렀다. 김범우는 긴 포구를 바라보았다.

"우왕좌왕하는 세상일수록 수신제가가 필요헌 것이다. 인제 나도 앞날을 장담허기 어려운 나이고, 너도 공부를 허다 말았으니, 내 살아생전에 못다 헌 공부나 마치는 것이 어떻겄냐."

기차를 타고 집으로 돌아오면서 아버지가 한 말이었다. 아버지는 그 한마디뿐, 최익승에게 무슨 말을 했는지는 묻지 않았다. 그러나 아버지의 그 한마디에는 엄한 꾸짖음과 함께 앞으로의 행동 방향까지 들어 있었다. '수신제가'의 필요성을 강조함으로써 경거망동을 꾸짖은 것이고, '못다 한 공부나 마치는 것'으로 혼란스런 정치·사회적 물결에 휩쓸리지 못하게 하려는 것이었다. 아버지는 온화하게 말했지만 그건 이미 결정이나 다름없었다.

김범우는 앞으로의 일이 포구 끝처럼 멀고도 막연하게 느껴졌다. 교단에 서기 전에도 중단한 학업 문제를 생각하지 않은 것이 아니었다. 하지만 현실에 참여해야 한다는 다급함은 공부의 필요성을 압도해 버렸고, 교사가 부족한 현실은 대학 2학년 중퇴의 학력으로 교단에 설 수 있게 했다. 2년에 걸친 교사 생활은 공부와는 거리가 멀었다. 좌·우익으로 대립된 학생들의 틈바구니를 헤쳐 나가다가도 문득문득, 내가 지금 제대로 살고 있는가, 내가 설 자리에 제대로 서 있는가, 스스로 묻고는 했었다. 그러나 그 물음에 답을 얻기도 전에 또 다른 사건을 쫓아 뛰고는 했던 세월이었다.

장터거리의 한산함은 여전했다. 아내 말로는 토벌대가 주둔하고 나서 읍내는 더 살맛이 떨어졌다고 했다.

김범우가 자애병원 앞에 이르렀을 때 이지숙이 병원 문을 막 나서고 있었다. 안창민의 어머니가 기어이 입원을 한 모양이구나, 생각하며 그는 마음이 언짢아졌다.

"안녕하십니까, 이 선생님."

"네?"

이지숙은 주춤 뒤로 물러설 만큼 놀랐다. 무슨 깊은 생각이라도 하는 듯이 고개를 숙이고 있어서 조심스레 불렀는데도 그녀는 알은체를 한 게 민망할 지경으로 놀랐다.

"아, 김 선생님이시군요."

이지숙은 놀라움을 가라앉히며 말했다. 그 말에 반가움이 없듯 얼굴에도 마지못한 웃음이 어색하게 서려 있었다.

"놀라게 해서 죄송합니다."

김범우는 사과부터 했다.

"아닙니다. 제가 너무……."

이지숙이 약간 고개를 숙여 보였다.

"혹시 안 선생 자당께서 입원을 하신 겁니까?"

"아, 네, 아닙니다."

미처 대비하지 않은 질문이라 이지숙은 약간 당황했다. 그러나 안창민이 입원해 있다는 말이 나올 리는 없었다.

"안 선생 자당께서는 좀 어떠신지요?"

"네, 많이 회복하셨습니다."

이지숙은 긴말을 하고 싶지 않았다. 그와 빨리 헤어져 병원 앞을 떠나고 싶은 마음뿐이었다.

"전 바빠서 이만 실례하겠습니다."

"네, 안녕히 가십시오."

이지숙의 차가운 태도에 김범우는 어물거리며 대꾸했다. 빠른 걸음을 옮기는 그녀를 보며 김범우는 고개를 갸웃했다. 안창민의 집에서 처음 만났을 때와 달리 어딘가 경직되어 있었다. 하지만 그저 몸이 아파서 그런 모양이지, 생각했다.

"성님! 범우 성님!"

곧 뒷덜미라도 낚아챌 듯 급한 목소리가 들려왔다. 바로 뒤에 염상구가 다가서 있었다.

"성님, 방금 그 여자 누구요?"

"아니, 읍내에 자네가 모르는 사람도 다 있나? 남국민학교 이지숙 선생 아닌가?"

이지숙·남국민학교·안창민이 염상구의 머릿속에서 연결되고 있었다. 어디서 본 듯한 그 낯익음이 비로소 확실해졌다.

"왜 그러나?"

무언가를 추리하는 듯한 염상구의 눈치가 마음에 걸려 김범우는 일부러 물었다.

"선생님이시면 나 겉은 것이야 애시당초 못 올라갈 나무구만이라."

염상구는 능청스럽게 연막을 쳤다. 그러면서 속으로는 그 여자의 뒤를 캐기로 작정했다.

"성님 나오셨단 소식 듣고도 어찌나 바쁜지 찾아가 보지도 못

허고, 죄송스럽구만이라."

염상구가 멋쩍은 웃음을 지었다. 옷깃 사이로 혁대에 찔러 넣은 권총이 얼핏 보였다. 김범우는 못 볼 것이라도 본 듯 시선을 돌려 버렸다.

"바쁠 텐데 가 보게."

김범우는 돌아서려고 했다.

"성님이 그냥 풀려난께 남 서장 꼴이 어찌 됐는지 아시오?"

염상구는 돌아서기는커녕 오히려 한 발 다가서며 말했다.

"남인태 놈이 어쩔 줄 모르고 있당께요. 지 놈이 지은 죄가 있응께 똥줄이 타는 것이제라. 요번 일은 그놈이 생사람 잡자고 꾸민 연극인디, 그냥 내버려 두지는 않겠제라?"

염상구는 간교하게도 충동질을 해 대고 있었다. 김범우는 이빨 사이에서 쓴 물이 비어져 나왔다.

"알았네. 그만 가 보게."

김범우는 돌아섰다. 서장 남인태의 태도가 어떻게 변했을지는 이미 예상하고 있었지만 염상구의 말을 듣고 나니 의외로 기분이 상했다. 그 혐오스러운 기분은 남인태 개인에게 국한된 것이 아니었다. 그런 권력 남용 행위가 아무렇지도 않게 벌어지고 있는 현실에 대한 혐오감이었다.

"아이고, 김 선생! 언제 나오셨어요?"

전 원장은 두 손으로 김범우의 손을 잡으며 반가워했다.

"건강은 상하지 않았어요?"

"예, 오늘 찾아뵌 게 치료를 받기 위해서가 아니니까요."

"다행입니다. 이리 앉으시지요."

"앉기는 약간 곤란합니다. 타박상을 좀 입었으니까요."

김범우는 밝게 웃으며 손가락으로 둔부를 가리켰다.

"저런 쯧쯧쯧……. 참 위태위태한 세상이오."

전 원장의 얼굴이 일그러졌다.

"조금 전에 이지숙 선생을 만났는데, 안창민 모친은 좀 어떠신가요?"

전 원장은 약간 긴장했지만 김범우의 태도로 보아 안창민 일은 모르고 있는 것 같았다. 이지숙이 섣불리 그런 말을 했을 리 없었다.

"거의 회복됐어요. 학교는 언제쯤이나 열릴 것 같은가요?"

전 원장은 태연한 척 화제를 바꾸었다. 서로의 안전을 위해 안창민 일은 모르는 게 좋을 듯했다.

"주력 세력은 일단 물리쳤다지만 남로당 지하 세력이 있는 데다 국군의 반격에도 문제가 있어서 예측하기 어렵지 않겠습니까."

"국군의 반격에 문제가 있다고 하셨는데, 반란군 토벌에 투입된 국군이 반란군과 합세했다는 풍문이 나돌고 있습니다. 그게 사실일까요?"

"사실인 모양입니다. 반란의 주력부대인 14연대에 4연대 일부가 합류한 것은 이미 초반의 일이고, 요즘 퍼지고 있는 소문은 15연대입니다. 15연대가 솔티재에서 반란군과 대치했는데, 처음 얼마 동안은 전투를 하는 것 같더니, 우리끼리 싸워 봤자 뭐하느냐 하는 외침이 왔다 갔다 하더니만 꼭 거짓말처럼 한 덩어리가 되더랍니다. 서로 어깨동무를 하고, 장난을 치고, 하늘에 대고 총을 쏴 대고, 갑작스런 변화 앞에서 꼭 귀신에 홀린 기분이더랍니다. 15연대를 따라갔던 경찰은 우글거리는 적들 속에 서 있는 꼴이 되고 말았다는 거지요. 그 사실을 깨닫자 정신이 번쩍 들어 도망을 쳤다는 겁니다."

김범우는 전 원장의 궁금증을 풀어 주려고 순천경찰서에서 들은 이야기를 그대로 옮겼다.

"김 선생, 참 막연한 질문입니다만, 우리가 처한 현실을 어떻게 파악해야 합니까. 의사로서는 불필요한 관심일지 모르지만 그래도 자기가 살고 있는 시대 현실쯤은 제대로 파악하고 있어야 하지 않을까요. 신문을 읽어서 될 일도 아니고, 전체적인 맥을 잡는 눈을 가져야 하는데, 나야 시원찮은 의술을 익히느라 그런 눈을 가질 새가 없었습니다. 마르크스 서적 두어 권 읽은 것은 무식 면하자는 짓이었고, 전체적인 맥을 잡지 못한 채 어지러운 현실을 살아가자니 꼭 캄캄한 밤길을 걷는 것처럼 답답하군요. 김 선생은 전공이 역사시니 그런 눈을 가지셨으리라 믿는데, 맥을 좀 잡아 주시지요."

전 원장이 조심스레 말했다. 김범우는 그 말을 들으며 긴장했다. 그것은 지극히 복잡한 문제였고, 더구나 자신도 '전체적인 맥'을 파악하기에는 모르는 게 너무나 많았다.

"원장님 기대만큼 제가 알고 있질 못합니다. 알고 있는 사실마

저도 불확실해서 말씀드리기 위험스럽습니다. 어쩌면 어설프게 알고 있기 때문에 제 마음은 원장님보다 더 캄캄한 밤길일지도 모릅니다."

"김 선생이 그렇게 말할 줄 알았습니다. 그러나 그 누가 오늘의 현실을 확실하게 알고 있겠습니까. 안다고 하면 거짓말쟁이지요. 그저 학생 질문에 대답하는 셈 치시지요."

전 원장은 진지하기 이를 데 없었다. 그 태도로 보아 사양이 오히려 결례일 듯싶었다.

"그럼…… 제가 파악하고 있는 대로 얘기하죠. 그러니까 2차 대전이 끝날 무렵의 세계 정치 상황은 윌슨이 위장으로나마 민족자결주의를 주창하던 시대는 이미 아니었습니다. 그 시대의 주역이 식민주의의 대표 국가인 영국, 프랑스, 스페인 등이었다면 2차 대전이 끝날 무렵에는 그 주역이 미국과 소련으로 바뀌어 있었습니다. 왜냐하면 거의 모든 식민지 국가들이 독립을 쟁취하기 위한 항쟁을 계속 벌인 데다, 독일의 침략까지 받음으로써 식민주의 국가들은 협공을 당하는 상황에 몰리게 되었습니다. 그런 상황의 한편에서는 사회주의 혁명에 성공한 소련이 그 세력을 팽창시켜 나가고 있었고, 자본주의 국가를 완성한 미국도 그 힘이 갈수록 커지고 있었습니다. 마침내 미국이 2차 대전에 참전했고, 영국과 프랑스는 궁지에 몰려 있었기 때문에 미국이 자연스럽게 연합국의 주도권을 쥐게 되었습니다. 소련도 뒤늦게 연합국으로 참전했습니다. 서로 다른 이념을 추구하면서도 그들이 동지가 될 수 있었던 것은 독일과 일본의 위협에 맞서는 공동 목적 때문이었습니다. 그러나 그들은 세계를 무대로 자신들의 이념을 넓힐 속셈을 감추고 있었습니다. 2차 대전이 끝나면서 그들은 그것을 행동으로 옮겼습니다. 그들의 이념 팽창주의가 노골적으로 드러난 것이 바로 우리나라를 분할 점령한 것입니다. 우리나라를 분할 점령한 것은 독일을 분할 점령한 것과는 전혀 그 성격이 다릅니다. 미국과 소련이 전범국인 독일을 분할 점령한 것은 승전국으로서의 당연한 권한이었습니다. 그들의 그런 권한은 또 하나의 전범국인 일본에게 행사되어야 했습니다. 그런데 엉뚱하게도 그들은 우리나라를 분할 점령했습니다. 미국은 소련의 힘이 일본에까지 미치는 것을 원하지 않았습니다. 연합국의 주도권을 쥐고 있던 미국은 특히 일본 문제에 있어서는 발언권이 절대적이었지요. 미국은 일본을 도맡다시피 해서 싸웠으니까요. 그래서 미국은 일본을 독일처럼 나눠 먹지 않고 혼자 차지할 계획을 세웠습니다. 그건 태평양으로 뻗치는 소련의 힘을 견제하면서 태평양 전체를 장악할 수 있는 방법이었습니다. 미국은 그 계획에 따라 한반도 분할이 필요했고, 소련은 한반도의 반이나마 차지하는 데 동의한 것입니다. 그들은 처음에 '일본 지상군의 항복을 받기 위해' 한반도에 진주

한다는 그럴듯한 명분을 내세웠고, 뒤이어 '통치 능력이 생길 동안 신탁통치'를 해 주겠다는 일방적인 결정을 내렸습니다. 독립국가 건설을 열망하는 우리 민족의 뜻과는 정반대의 상황이 전개된 것입니다. 두 나라의 점령군을 맞으며 우리는 새로운 시련을 맞게 되었습니다. 그 시련을 극복하기 위해 우리는 두 강대국이 내세운 명분을 무산시킬 수 있도록 민족적 단합을 보여야 했습니다. 그리고 제2의 독립운동을 전개해야 했습니다. 그러나 우리는 두 가지 다 실패함으로써 식민지 상황보다 나을 것 없는 분단에 이르고 말았습니다. 백범 김구 선생이 남북협상을 떠나기 전 그의 앞을 가로막는 군중들에게 '여러분, 나에게 마지막 독립운동을 허락해 주시오.'라고 한 말은 우리 민족의 행동 방향을 제시한 것이었습니다. 우리에게 해방은 식민지 시대의 끝이 아니라 새로운 식민지 시대의 시작이었습니다. 전 시대에는 일본을 공동의 적으로 삼는 민족적 명제나 자존이 있었습니다만, 이제는 백인들이 만들어 낸 이념에 최면이 걸려 우리끼리 살육을 저지르는 시대가 되었습니다. 해방 후부터 지금까지는 시작에 불과합니다. 이념을 일단 정치도구화한 이상 서로 양보는 있을 수 없습니다. 벌써 서로를 괴뢰라고 욕하기 시작했습니다. 얼마나 유치하고 파렴치한 짓들입니까. 그러나 그 뻔뻔스러움과 무모함과 이율배반이 곧 우리의 정치 현실입니다. 비판이나 선택이 용납되지 않는 획일

적 질서에 줄을 맞춰야 하는 것이 앞으로의 우리의 길입니다. 그 줄에서 이탈하는 자는 적이고, 적은 무조건 처단한다는 논리만이 있을 뿐입니다. 이 현실이 앞으로 어떻게 전개될지 아무도 모릅니다. 확실한 것은, 시작이라는 것뿐입니다. 미·소의 세력에 우리가 민족적으로 단결해서 대항해 봤자 아무 소용이 없다고 주장하는 사람들이 있습니다. 그 부류들은 양쪽의 정치집단을 이루고 있는 자들입니다. 그 편 가름은 앞으로도 수많은 목숨의 희생을 요구할 것입니다. 지금 남쪽에서 일어나고 있는 혼란은 그런 정치적 대결에서 파생된 피할 수 없는 일들입니다."

김범우는 긴 한숨을 내쉬었다.

20

토벌대 물러가라!

경찰서장 남인태가 도경찰국의 전출 명령을 받은 것은 김범우를 순천으로 넘기고 닷새가 지나서였다. 전출지는 광양읍, 직위는 서장, 부임 날짜는 이틀 후였다. 남인태는 하얗게 질려 푸들푸들 떨었다.

내 발등 내가 찍었구나! 계산 착오도 이만저만한 계산 착오가 아니었다. 김범우가 풀려났을 때 그는 가슴이 섬뜩했다. 김씨 문중의 힘이 그렇게 강할 줄은 미처 몰랐다. 그렇게 꺼림칙한 불안감에 싸여 며칠을 보내다가 덜컥 전출 명령을 받은 것이었다.

광양서장……. 이건 파면에 가까운 좌천이었다. 벌교나 광양이나 똑같은 '읍'이지만 벌교는 엄연히 '경찰서장'인데 광양은 '지서장'에 지나지 않았다. 광양경찰서는 이번 사건을 수습하려고 갑자기 만든 '임시 경찰서'일 뿐이었다. 게다가 그곳은 치열한 전투 지구였다. 반란군이 진을 친 곳이 바로 광양의 백운산이었다. 그 죽일 놈의 영감탱이…… 남인태는 부드드득 이빨을 갈았다. 더 크고, 안전한 곳으로 가려 했는데 이 지경이 되다니.

그래, 최익승 의원을 찾아가자. 그 생각에 남인태는 앞이 환해졌다. 그러나 최익승이 서울에 있다는 사실과 광양서장 부임이 이틀밖에 남지 않았다는 사실이 그를 다시 암담하게 만들었다. 최익승을 만나고 오려면 못해도 사흘이 필요했다. 사흘이 지나면 명령 불복종에 근무 이탈 죄를 면할 수 없게 되어 있었다. 비상시국에 그 죄는 총살은 아니어도 실형은 받을 게 틀림없었다.

무슨 수를 써서라도 최익승을 만나야 했다. 그것만이 유일한 살길이었다.

"맞어! 바로 전화여!"

남인태는 펄쩍 뛰듯이 일어나, 곧바로 우체국으로 갔다.

"서장님, 여기서는 서울로 전화 연결이 안 되는데 어쩌야 쓸까요?"

아가씨가 미안한 듯 웃음 지었다.

"그게 무슨 새 날아가는 소리야!"

남인태는 버럭 고함을 질렀다.

210

"요번 난리통에 사고가 난 모양입니다. 이거 죄송스러워서…….
급한 일이면 순천으로 넘어가셔야겠습니다."

놀란 우체국장이 굽신거리며 설명했다. 남인태는 속이 부글부
글 끓었다.

기차를 타고 순천으로 넘어간 남인태는 최익승 의원 집에 전화
를 했다. 하지만 그는 집에 없었다.

"벌교 남 서장이라고요? 이따 밤 여덟 시 넘어서 다시 걸어 주
세요."

밤 8시까지는 몸살이 날 지경으로 지루한 시간이었다. 그놈의
영감탱이가 제아무리 까불어도 최 의원님 전화 한 통이면 전출
명령서 같은 건 코 풀어 던진 종이쪽지다. 남인태는 이런 위안을
씹고 또 씹으며 그 지루한 시간을 죽였다.

8시 10분쯤에 통화가 되었다. 기막히게도 최 의원은 집에 있었
다. 기다리라는 여자의 말에 남인태는 '하느님!' 하는 소리를 토
해 냈다. 최 의원의 목소리가 들리자 그는 대충 인사를 끝내고 용
건을 말했다. 김범우를 순천으로 이첩시킨 대목으로 접어들면서
그는 진땀을 흘리기 시작했다. 그러나 김범우를 이첩시킨 것은 어
디까지나 김사용이 최 의원님을 찾아가게 하기 위함이었음을 강
조했다.

"……의원님, 도와주십시오. 저를 도와주실 분은 의원님밖에

없습니다."

남인태는 땀을 삐질삐질 흘리며 벽에 걸린 전화기에 대고 연신 고개를 꾸벅였다.

"누가 그따위 시건방진 짓을 하랬는가. 난 그런 일 시킨 적 없어. 자네가 엎지른 물 자네가 퍼 담도록 해."

"의원님! 의원 각하!"

남인태는 절박하게 소리쳤다. 그러나 전화는 이미 끊겨 있었다.

속이 뒤집어진 남인태는 저녁을 먹을 수가 없었다. 술만 몇 잔 마시고 여관을 찾아들었다. 집으로 돌아가고 싶었지만 통행금지가 발을 묶고 있었다. 내 인생이 이렇게 끝나고 마는가. 안 돼, 이대로는 안 돼. 최익승 그놈, 나를 이 꼴로 만들다니, 그놈을 죽여야 해. 남인태는 밤새도록 한숨도 자지 못하고 몸부림치며 온 방바닥을 훑고 다녔다.

이튿날 아침, 남인태는 첫 기차를 탔다. 김사용을 찾아가 용서를 빌 생각이었다. 김사용이 마음만 먹는다면 전출 명령서를 철회하는 것쯤 아무것도 아닐 것이었다. 남인태에게는 마지막 남은 길이었다.

"어르신, 절 받으십시오."

남인태는 넙죽 큰절부터 했다.

"어르신, 제가 죽을죄를 지었습니다. 용서해 주십시오."

남인태는 무릎을 꿇고 앉아 간곡하게 말했다.

"남 서장, 무슨 말씀이오?"

김사용의 음성은 낮고도 차가웠다.

"제 죄를 한 번만 용서하시고 벌교를 위해 올바로 일할 기회를 주십시오."

"나로선 당최 모를 소리뿐이오."

"어제 전출 명령서를 받았습니다. 그게 이번에 제가 아드님한테 잘못한 죄로……."

"어허, 남 서장! 관직에 몸담고 있는 사람이 그 무슨 망발이오. 난 모르는 일이니 돌아가시오."

김사용의 눈꼬리에서 노여움이 뚝뚝 떨어지고 있었다.

"어르신, 어르신, 제발……."

"천 서방, 천 서방 어디 있느냐?"

김사용은 목청을 돋우어 밖에다 대고 소리쳤다.

"어르신, 지 왔는디요."

잠시 후, 밖에서 들려온 말이었다.

"남 서장님 가시는디 문밖까지 잘 모셔라."

김사용이 밖에다 대고 일렀다. 남인태는 일어서지 않을 수 없었다.

다음 날, 남인태는 열댓 명의 형식적인 전송을 받으며 벌교를

떠났다. 최익승·김사용, 두 놈 다 두고 보자. 나를 이 꼴로 만들어
놓고 네놈들은 고이 살 것 같으냐. 남인태는 기차에 오르며 이를
갈았다.

전송객들이 발길을 돌렸고, 토벌대장 임만수와 염상구는 그들
뒤로 처져 걸었다.

"저 친구 좌천을 당해도 더럽게 당했군."

임만수가 볼품없는 콧등을 실룩이며 말했다.

"범우 성님을 건드렸응께 당연지사 아니겠소?"

염상구가 가당찮다는 표정을 지었다.

"그 사람 집안이 정말 그리 힘이 있소?"

임만수가 아니꼽다는 듯 염상구를 곁눈질로 치켜 보며 물었다.

"그 집안도 세지만 김범우란 사람도 세요. 미국 스파이 교육 받은 사람잉게. 만약 그 사람이 염상진이허고 한패가 되았더라면 나 같은 것은 벌써 청년단장 못해 먹고 저세상으로 날아갔을 것이고, 벌교 바닥서 토벌대가 설레발치지도 못했을 것이요."

"그게 무슨 소리요?"

임만수가 눈을 치떴다.

"김범우도 염상진이허고 같이 학교 댕길 때는 빨갱이 사상을 가졌다 고런 말이요. 헌디 학병을 다녀오고 나서 전향해 버렸소. 그렇께 염상진이는 한쪽 날개 잃은 매가 된 셈이요."

"그 사람이 어떻게 세다는 거요?"

"범우 성님은 잠자는 호랭이요."

"잠자는 호랭이?"

임만수가 되씹었다. 염상구 놈이 '성님, 성님' 하는 것을 보면 한가락 단단히 하는 모양이다 싶었고, 그가 학교 선생인 것을 생각하면 괜한 허풍 같기도 했다. 어쨌거나 남인태를 그 꼴로 만든 집안이라면 앞으로 각별히 신경을 써야 할 것 같았다.

호산댁은 쌀 두 됫박과 보리 서너 됫박을 싼 보퉁이를 들고 댓돌로 내려섰다. 검정 고무신에 발을 넣던 호산댁은 더 가져갈 게 없나 싶어 잠시 멈칫거렸다. 그것만 들고 나서기는 어딘가 모자라다는 생각이 들었다. 두 손자에게 당장 먹일 무언가가 필요했다. 그러나 집에는 아이들 군것질거리가 없었다.

호산댁은 서운한 기분으로 토방을 내려섰다. 그러면서 이렇게 보란 듯이 쌀 보퉁이를 들고 다닐 수 있게 된 것만도 얼마나 고마운 일이냐고 생각했다. "엄니, 쌀 됫박이나 퍼 갖고 그 집구석 좀 가 보씨요. 아새끼들이야 무슨 죄가 있겠소." 어느 날 작은아들이 불쑥 말했던 것이다. 그동안 큰아들 집에는 발걸음도 못하게 닦달하던 작은아들의 말에 호산댁은 헛소리를 듣는 줄 알았다. "참말이다냐? 혹시 에미 맘 떠볼라고 허는 소리 아녀?" 호산댁은 믿을 수가 없어서 이렇게 물었다. "들여다보라고 혔다고 아새끼들 배꼽이 요강 꼭지가 되게 퍼다 먹였다간 난리 날 것이요. 굶어 뒤지지만 않게 혀야 쓸 것이요." 작은아들은 눈을 고약스럽게 뜨며 못을 박았다. "하면, 하면……." 호산댁은 고개를 끄덕이며 목이 메었다.

작은아들의 허락이 떨어진 다음 두 번째 걸음이었다. 거리낌 없이 쌀 보퉁이를 이고 큰아들 집으로 갈 수 있다는 것, 호산댁은 그것이 그렇게 행복하고 신명 날 수가 없었다. 지도 한 핏줄잉께 어쩔 수가 없는 것이제, 마음을 돌려 준 작은아들이 그저 고맙고 기특할 뿐이었다.

호산댁은 가난에 찌들려 몸 고생도 심하게 겪었지만, 두 아들 때문에 겪은 마음고생은 몸 고생보다 더 컸다. 천하를 짊어지리라 믿었던 큰아들이 엉뚱하게 공산주의 바람을 일으키며 쫓겨다니고, 작은아들은 작은아들대로 살인죄를 짓고 종적을 감추어 버린 그 세월은 살았다고 할 것이 없었다. 가슴은 타다 타다 제풀에 꺼진 숯덩이였다. 그래도 작은아들을 찾아 준 해방은 고마운 것이었다. 그러나 그때부터 새로운 마음고생은 또 시작이었다. 큰아들과 작은아들이 서로 총부리를 대고 맞서게 된 것이다. 둘 중에 그 누구를 말릴 수도 없었다. 그저 타는 마음만 두 아들 사이를 오락가락했다. 읍내에서 총소리만 울리면 방바닥에 무릎을 꿇고 엎드려 혀가 마르게 비는 수밖에 없었다. 산신님, 칠성님, 터줏대감님, 우리 자식들 상허지 않게 혀 주십소사. 옳고 그름을 따지기 전에 그녀에겐 둘 다 소중한 자식일 뿐이었다.

작은아들과 함께 살게 되면서 호산댁은 큰아들네 처자식한테 죄스러운 마음 한 가닥을 걸쳐 두고 있었다. 큰며느리가 겪는 이중 삼중의 고생은 말할 것도 없고, 배를 곯는 두 손자를 생각하면 밥술을 제대로 넘길 수가 없었다. 작은아들은 서로 오도 가도 못하게 닦달했지만 호산댁은 치마 속에 먹을 것을 감춰 가지고 몰래 손자들을 찾아다녔다. 그런데 이제 그 조마조마한 도둑 걸음을 면하게 된 것이다.

"어허엇! 엿들 사씨요, 엿들 사! 아들 밥 비벼 주다가 숟가락 부러진 것, 부부 쌈 허다가 놋사발 내붙인 것, 누룽밥 긁어 먹다가 양은 냄비 빵구 낸 것, 쓰자니 못 쓰겄고 버리자니 아까운 것, 뭣이든 갖고 와, 달고 맛난 찹쌀엿, 싸게싸게 갖고 와, 늦어 뿔면 못 먹어, 어허어, 찹쌀엿, 달고 맛난 찹쌀엿……."

엿장수는 커다란 가위를 철그렁거리며 잘도 주워섬기고 있었다. 호산댁은 엿장수 소리를 들으며 망설였다. 두 손자새끼가 엿을 보면 얼마나 환장을 하랴. 그러나 가진 것이라고는 곡식뿐이었다. 배를 곯는 신세에 곡식으로 군것질거리를 바꿀 것인가. 어린 것들을 생각하면 그러고도 싶었고, 어찌 생각하면 죄 되는 것 같기도 해서 마음을 정하지 못했다.

"할무니, 보고만 서 있지 말고 손자새끼들 좀 사다 먹이씨요. 커나는 아그들이야 더러 단것을 먹어야 쑥쑥 크제라."

내 맘을 어찌 그리 콕 찍어 내는고! 호산댁은 감탄하며 곡식과 엿을 바꾸기로 마음 정해 버렸다.

"보리쌀도 받제라?"

"하면이라, 받고말고라."

엿장수는 재빨리 엿 자르는 쇠붙이를 집어 들었다.

"보리쌀 반 됫박이면 얼마나 줄라요?"

호산댁은 얼마나 줄지 엿에 금을 그어 보라고 눈짓했다. 금을 시원찮게 그으면 사지 않겠다는 으름장이었다.

"한 됫박이면 한 됫박이제 반 됫박은 뭐다요?"

엿장수도 지지 않고 야무지게 흥정에 나섰다.

"반 됫박이면 엿을 안 팔겄다는 말인갑는디, 안 사겄응께 냅두씨요."

호산댁은 사정없이 내쏘며 돌아섰다.

"와따, 할무니, 어째 그러시요?" 엿장수는 화닥닥 놀라 호산댁을 붙들고는 "기왕 파는 김에 더 팔아 보자는 말이제 누가 안 판다고 그럽디여? 많이 드릴 팅께 요리 오씨요, 요리." 하며 호산댁을 돌려세우려 애썼다. 호산댁은 못 이기는 척 돌아섰다.

"얼마나 줄지 금을 그어 보씨요."

호산댁의 어조는 사뭇 당당해져 있었다.

"보자, 가설랑은에, 보리쌀 반 됫박이라고 혔응께로오……."

엿장수는 소리를 늘여 빼며 쇠붙이를 집어 들었다.

덤을 더 달라거니, 그만하면 됐다거니, 한동안 실랑이를 거쳐 작은 거래는 매듭지어졌다.

"광조야, 덕순아, 할메 왔다아."

호산댁은 사립을 들어서면서 벌써 소리치고 있었다.

"야아, 할메다!"

지게문이 왈칵 열리면서 사내아이가 뛰쳐나왔다. 염상진의 둘째 아이이자 장남이었다.

"할메, 또 쌀 갖고 왔능가?"

광조는 어린 눈을 치켜떠 할머니의 머리에 인 보퉁이를 보고 있었다.

"오냐, 내 새끼 배곯을까 봐 할메가 또 쌀 갖고 왔다."

호산댁은 손자의 볼기를 토닥거리며 환하게 웃었다.

"할메, 오셨는게라."

계집아이가 호산댁 앞에 공손히 고개를 숙였다.

"그려. 덕순아, 동생 밥은 제때제때 해 먹였지야?"

"야아."

"그려, 우리 덕순이가 착허고 착허다."

호산댁은 손녀의 단발머리를 쓰다듬었다. 덕순이는 할머니의 머리 위에 올려진 보퉁이를 받아 들었다. 그런 덕순이의 얼굴에는 어떤 슬픔이 어려 있었다. 덕순이는 여덟 살로 국민학교 3학년이었고, 광조는 여섯 살이었다.

"할메가 느그 줄라고 엿 사 왔다."

방에 자리를 잡고 앉은 호산댁은 보퉁이의 매듭을 풀며 자랑스럽게 말했다.

"워메, 우리 할메 최고시!"

광조는 펄쩍 뛰며 소리를 질렀고 덕순이는 그 옆에 가만히 앉아 있었다. 호산댁은 엿을 똑같이 나눈다고 나누었다. 그런데 자기 눈에도 광조의 것이 더 많아 보였다. 어찌할 수 없는 일이었다.

"자, 어서들 먹어라."

말이 떨어지기가 무섭게 광조가 엿을 입으로 마구 몰아넣었다.

"엎힐라, 찬찬히 먹어."

호산댁은 주먹을 들어 쥐어박는 시늉을 했다.

"고구마가 엎히제 엿도 엎히간디?"

광조는 엿을 한입 가득 몰아넣고서도 할 말은 다 했다.

"워따, 내 새끼 똑똑키도 허다."

호산댁은 흐뭇하게 웃으며 손자의 볼기를 토닥거렸다.

"할메, 요것 드시씨요."

덕순이는 제 앞의 엿을 할머니 앞으로 밀어 놓았다.

"아니다, 할메는 벌써 먹었다."

"아니구만요. 지랑 같이 잡수시씨요."

덕순이는 엿을 할머니 앞으로 더 밀었다.

"그려, 나도 먹을 팅께 니도 얼렁 먹어라."

호산댁은 손녀의 등을 쓰다듬었다. 덕순이가 더없이 기특하게 여겨지면서도 안쓰러웠다. 사람이란 다 형편에 따라 살게 마련인

듯, 덕순이는 나이답지 않게 어른 몫을 실하게 해냈다. 에미 없는 집을 지키며 물까지 길어다가 동생 밥을 해 먹이고 있었다.

"할메, 엄니는 언제 와?"

"금세 올 것잉게 쪼깐만 더 참어라."

호산댁은 억지로 웃어 보이며 말했다. 작은아들한테 몇 번이나 묻고 싶었지만 결국 꺼내지 못한 말이었다.

"밤에는 영 추운디."

광조는 퉁명스럽게 말하며 입술을 쑥 내밀었다. 저것이 밤이면 에미 생각이 더 간절해지는 모양이라 싶어 호산댁은 콧등이 찡해졌다.

"바보, 엄니보담 아부지가 더 고생이여."

덕순이가 불쑥 말하고는 문을 박차고 나갔다. 호산댁은 덕순이를 부르려다가 그만두었다. 그 말에 이미 울음이 묻어 있었던 것이다.

날로 추위가 매워지고 있는데 어린 손녀의 말마따나 큰아들이 산중에서 어떻게 겨울을 날지 기막힌 노릇이었다. 손가락 매듭만큼 떼어 넣은 엿이 반나마 녹았는데 호산댁은 그것을 꺼내 손자의 입에 넣어 주었다. 목이 메어 그 작은 엿 조각조차 입에 넣고 있을 수가 없었다.

정현동 사장은 남원장 구석진 방에서 고흥의 부자 서운상을 만났다. 중대한 거래였으므로 술상은 들이지 않았다. 거래 결과에 따라 술자리가 흐드러지게 벌어지느냐, 가벼운 저녁 식사로 끝나느냐가 결정될 것이었다.

"아우 말로는 양조장이란 가만히 앉아서 금 파내는 장사니께 자기가 대신 경영을 맡겠다고 헙니다만."

정 사장은 이렇게 말을 맺었다. 그러나 그건 거짓말로 거래에서 으레 따르게 마련인 물건 값 지키기 작전이었다. 상대방이 그 속셈을 빤히 알고 있다 해도 그런 거짓말을 한 자락 깔 필요가 있었다. 노름판에서 부리는 배짱이 모두 허풍인 줄 알면서도 끝까지 배짱을 부리는 놈한테 기가 죽는 것처럼. 서운상은 옛날부터 은근히 술도가를 탐내던 터이므로 그 당연한 거짓말은 더욱 필요했다.

"정 사장님 처지는 충분히 이해가 되느만요. 그리고 양조장이 금 파내듯 허는 장사라는 것도 다 아는 일인께 아우님의 말씀도 일리가 있고요. 그러니 정 사장님이 먼저 딱 값을 놔 보써요."

예상치 못한 정면공격이었다. 가당치도 않은 거짓말 밑에 깔지 말라는 뜻일 수도 있었고, 술도가에 마음이 동해 서두르는 것일 수도 있었다.

"맞는 말씀이요. 헌디 한 가지 사정이 있소. 내 재산 중에 논마지기가 있는디, 그것을 양조장에 묶어 한번에 처분해야 헐 형편이오. 그래야 목돈으로 광주 사업을 시작헐 수 있어서요."

서운상은 난색이 되었고, 정 사장은 지금부터 배짱놀음이라 싶어 아랫배에 힘을 주었다.

"논이 몇 마지기요?"

"꼬리 떼고 300마지기요."

"300이라……."

서운상이 중얼거렸다. 정 사장은 승리감에 취했다. 이제 가격 절충만 남은 셈이었다. 정 사장은 줄다리기를 할 마음의 준비를 갖추었다.

"논은 제값의 반을 쳐주겠소."

느닷없는 말을 해 놓고 서운상은 엉거주춤 일어서고 있었다. 정 사장은 정신이 퍼뜩 들었다. 서운상은 제값의 반에 대한 대답을 요구하고 있었고, 그 제의에 응하지 않으면 그대로 자리를 뜨겠다는 뜻이었다. 이놈이 그야말로 배짱을 부려 보는 것인가? 아니면 정말일까? 순간적으로 생각해 보았지만 종잡을 수가 없었다. 시간을 벌어야 한다, 다시 앉혀야 한다, 정 사장의 머리에는 그 생각만이 확실하게 떠올랐다.

"원 급하시긴. 대답할 것이니 앉으시오."

정 사장은 부드럽게 말했다. 그러나 속으로는, 아무리 땅값이

형편없다 해도 제값의 7할은 받아야 한다고 생각했다.

"나 그만 가겠소."

서운상은 더 몸을 일으켰다. 이놈이 정말 갈 모양이네? 아니다, 배짱을 부리는 것이다. 우선 앉히고 봐야 한다.

"좋소, 앉으시요."

"좋소가 반값에 허겠단 대답이요?"

정 사장은 신음을 씹었다.

"우선 앉으씨요, 점잖찮게."

정 사장은 자기도 모르게 언성이 높아졌다.

"알겠소, 나 가겠소."

서운상은 몸을 완전히 몸을 일으켰다. 정 사장은 다급해졌다.

"반은 너무허고, 6할로 헙시다."

정 사장이 벌떡 일어서며 뱉은 말이었다.

"말대접이라는 것이 있는 법인께 반반씩 나눠 오오로 양보허겠소."

서운상이 냉정하게 말했다. 정 사장은 자신이 졌음을 깨달았다. 1할의 반, 5푼 때문에 또 무슨 말을 할 것인가. 더 말을 꺼냈다가는 사람만 치사하게 될 판이었다.

"그리헙씨다."

정 사장은 고개를 끄덕이고는 다시 마음을 다잡았다. 정작 중대한 거래는 이제부터였다.

"정 사장님, 논 싸게 팔았다고 너무 아까워 마시씨요. 논 값을 후려 때린 것은 나도 그 논을 다시 팔려고 그런 것이요. 싸게 사서 싸게 팔아야 손쉬울 것 아니겠소. 내가 지금 갖고 있는 논만도 두통거리요. 거래 전에 이런 말 혀 봤자 믿어 줄 것 같지도 않고 혀서 인제 허는 소리요."

서운상은 차분하게 말했다. 정 사장은 고개만 끄덕였다. 그것이 정말이든 아니든 거래는 이미 끝난 것이었다.

"양조장은 논 흥정허듯 안 헐 것인께 정 사장님도 받을 값을 적당히 놓아 보씨요."

서운상이 앉음새를 고치며 말했다.

정 사장은 미리 생각하고 있던 가격을 털어놓았다.

"그 정도는 불러야겠지요. 나도 아까 정 사장님 말대접혔응께 정 사장님도 인제 내 말대접 좀 해 주면 좋겠소."

"얼마로 말대접을 헐까요?"

이런 식으로 이야기가 풀려나가 양조장 거래는 어렵지 않게 풀렸다. 정 사장은 잔금 때까지 비밀을 지켜 줄 것을 당부했다. 서운상도 그러기를 바랐다.

토벌대의 살인 사건은 신임 서장 권병제가 부임한 이틀 후에 발생했다. 오후 2시쯤 읍내 한복판인 역전 공터에서 총성이 울리기 시작했다. 시위를 막으려는 토벌대의 위협사격이었다. 역전에는 삽시간에 사람들이 몰려들었다. "토벌대가 생사람을 죽였는디, 그 동네 사람들이 토벌대 내쫓으라고 나섰다능마." "위메, 어째 생사람을 죽였으까?" "그것이야 나도 모른께 역전으로 가 보소."

시위대는 100여 명의 남녀였다. 그들은 다섯 명씩 줄을 맞추어 천천히 앞으로 나아가고 있었다. 대열 앞의 들것에는 피범벅이 된 시체가 누워 있었다. 바로 그 앞에서 한 사람이 대열을 이끌고 있었다. 그 사람이 팔을 뻗어 올리며 소리쳤다.

"살인 집단 토벌대 물러가라!"

뒤따라 대열을 이룬 사람들이 일제히 팔을 뻗으며 복창했다. 그 외침을 찢듯이 총성이 울렸다. 그러나 대열을 이끌고 있는 사람은 전혀 동요 없이 천천히 발을 옮겼다. 그러다가 불현듯 외쳤다.

"살인 집단 토벌대 물러가라!"

뒤따르는 대열의 복창은 조금도 힘이 빠지지 않았다. 그 위세에 밀려 토벌대는 위협사격을 하면서도 뒷걸음질을 쳤고, 구경하는 사람들은 긴장한 채 입들을 다물고 있었다.

"위메, 앞장선 사람이 남국민학교 선생님 아니라고?"

한 여자가 옆의 여자에게 말했다.

"고것을 인제 알았는가?"

옆의 여자가 얼굴을 찡그리며 말했다.

"근디, 저 선생님이 어째 앞장서서 저 야단일까?"

"참말로, 자네가 가서 물어보소."

옆의 여자가 짜증스럽게 내쏘았다.

"더 물러나지 말고 이 지점을 고수해!"

토벌대 지휘자가 소리쳤다. 토벌대는 경찰서로 가는 길목까지 물러나 있었던 것이다.

"이 새끼, 똑똑히 들어. 이 지점을 넘어서려고 했다간 무차별 사격을 가하고 말겠어. 이건 위협이 아녀!"

토벌대 지휘자가 대열을 이끌고 있는 10여 미터 앞의 남자에게 소리쳤다. 그리고 총을 갈겨 댔다. 남자의 바로 앞 땅바닥에 총알이 퍽퍽 박히며 흙먼지를 일으켰다. 남자는 주춤하고는 다시 걸음을 옮겼다.

"살인 집단 토벌대 물러가라!"

남자는 마치 발악이라도 하듯이 소리치며 팔을 치뻗어 올렸다.

경찰서장과 토벌대장과 청년단장이 나타난 것은 바로 그때였다. 임만수가 숨을 씩씩거리며 남자를 가로막았다.

"이 새끼, 넌 누구야?"

임만수가 고함을 질렀다.

"나는 손승호란 사람이오."

그의 목소리는 약간 쉬어 있었다.

"이 새끼, 너 지금이 어느 땐데 이 지랄이야! 뒈지고 싶어?"

"토벌대가 무고한 사람을 죽였소. 토벌대는 살인 집단이오. 우리 읍에서 물러가시오."

손승호의 목소리는 침착하고도 싸늘했다.

"이 새끼야, 빨갱이니까 죽였지 괜히 죽여? 토벌대를 모략중상하고 사람들을 선동한 네놈도 빨갱이야!"

"내 눈으로 똑똑히 봤소. 당신 부하가 여자를 겁탈하려다가 여자 오빠한테 들키자 살인을 해 버렸소. 그 시체가 바로 뒤에 있소."

"시끄러, 빨리 해산시켜!"

"못하겠소. 토벌대는 물러가시오."

"이 새끼, 정말 말 안 듣겠어?"

임만수가 권총을 빼들었다.

김범우는 그즈음 사람들 사이를 헤치며 앞으로 나서고 있었다. 토벌대장과 맞서고 있는 사람이 손승호임을 알아본 김범우는 도무지 믿을 수가 없었다. 그런데 임만수가 권총으로 손승호를 내리치고 손승호가 푹 고꾸라지는 일이 순식간에 일어났다. 김범우는 반사적으로 앞으로 뛰쳐나갔다.

"승호, 괜찮은가? 나 범우네."

김범우는 손승호를 부축했다. 피가 그의 왼쪽 얼굴을 적시고 있었다.

"범우 자네가……."

김범우를 올려다보는 손승호의 얼굴에 웃음이 떠올랐다. 이 친구 맹랑하네……. 김범우는 얼핏 생각하고는 벌떡 몸을 일으켰다. "저놈 죽여라.", "대장 놈 죽여라." 하는 고함 소리가 터졌기 때문이다. 대열을 이룬 사람들이 어지럽게 이쪽으로 몰리고 있었다.

"승호, 빨리 진정시켜. 큰일 나겠어. 내 어깨를 올라타고 소리치게."

김범우는 다급하게 말하고는 재빨리 손승호의 가랑이 사이로 머리를 디밀었다.

"여러분, 진정하십시오. 저는 괜찮습니다. 진정하고 제 말을 들으십시오."

김범우의 어깨 위에 올라앉은 손승호가 외쳤다. 그의 턱에서는 핏방울이 뚝뚝 떨어지고 있었다.

"사람들을 앉히게."

김범우가 고개를 뒤로 젖히며 말했다. 손승호가 사람들을 앉게 하자 김범우는 그를 내려놓았다.

"승호, 이성적으로 일을 해결해야 하네. 물론 지금까지 감정적이었다는 말이 아니네."

김범우는 손수건을 꺼내 손승호의 이마로 가져갔다.

"자네도 알겠지만 토벌대를 물러가게 할 수는 없네. 그러나 이 자리에서 토벌대장의 공개 사과와 살인자에 대한 처벌 약속을 받아 내면 목적은 달성하는 게 아니겠나."

손승호는 잠시 생각한 끝에 고개를 끄덕였다.

"그럼 내가 중재하겠네."

김범우는 씨익 웃어 보이고는 돌아섰다. 돌아서는 그 짧은 시간에 김범우의 얼굴은 완전히 다른 사람으로 변해 있었다. 냉기 흐르는 얼굴에 눈은 매섭게 빛났다.

"토벌대장이지요? 나 김범우라고 합니다. 친구가 부상을 당해 내가 대신 나선 겁니다."

김범우의 큰 키는 토벌대장보다 머리가 하나 더 있었다. 임만수는 김범우를 올려다보며 미적미적했다.

"그동안 토벌대가 저지른 횡포와 오늘 일어난 살인 사건을 샅샅이 당국에 진정하겠소."

임만수의 얼굴이 금방 굳어졌다.

"범우 성님, 고건 너무······."

"청년단장, 여긴 당신이 나설 자리가 아니오."

염상구를 거들떠보지도 않고 김범우가 한 말이었다.

"김 선생님, 무슨 일이든 하겠습니다. 제발 그 일만은 좀 참아 주십시오."

임만수는 마른침을 삼켰다.

"수없이 민폐를 끼치고 그것도 부족해 죄 없는 양민을 살해하기까지 했소. 그래 놓고 도대체 뭘 하겠다는 거요?"

"다시는 민폐를 끼치지 않을 것이고, 살인자를 엄중 처벌하겠습니다. 그 선에서 일을 끝내 주십시오."

"서장님 의견은 어떠십니까?"

김범우는 말로만 들은 신임 서장에게로 눈길을 돌렸다. 선량하게 생긴 사람이었다.

"예, 토벌대장 말처럼 해결되었으면 합니다."

김범우는 임만수에게 시선을 옮겼다.

"나도 일을 키우고 싶진 않소. 당신이 대장으로서 잘못을 공개적으로 사과하고, 앞으로는 절대로 민폐를 끼치지 않을 것과 살인자에 대한 처벌을 약속한다면, 그 선에서 끝내도록 사람들을 설득하겠소."

"예, 예, 그렇게 하겠습니다."

임만수는 허리를 굽실거렸다. 만약 진정서가 들어간다면 자신은 남인태보다 더 비참한 신세가 될 것이었다. 그런 마당에 공개사과 아니라 큰절을 하라 해도 백번은 할 판이었다.

"자네와 말한 대로 됐으니 자네가 사람들한테 설명을 하게."

"자네가 대신 좀 해 주게. 난 지금 머리도 아프고 목도 쉬고, 죽을 지경이네."

"자네 정신 있나? 저 사람들은 자네 아니면 그 누구도 안 믿네. 그게 군중심리라는 것 아닌가. 자네는 선동자의 의무와 책임을 다해야 하네. 오늘만은 자네가 저 사람들의 예수고 나폴레옹이네."

김범우는 짓궂게 웃었다.

"그렇다면 별수 없지."

손승호는 쓰게 웃으며 사람들 쪽으로 돌아섰다.

"여러분, 제 말을 들으십시오. 여러분의 요구가 마침내 이루어졌습니다."

사람들이 와아, 함성을 지르고 박수를 쳤다. 김범우는 말을 저렇게 시작해서 어쩌려나 염려스러웠다.

"여러분, 토벌대장이 여러분 앞에 사죄하고, 죄 없는 사람을 죽인 토벌대원을 엄벌에 처하기로 했습니다. 그리고 토벌대는 앞으로 절대로 민폐를 끼치지 못하게 되었습니다. 우리는 토벌대를 물러가라고 했습니다. 그러나 이 토벌대를 몰아내면 나라에서는 또 다른 토벌대를 보낼 겁니다. 토벌대가 새로 오면 또 민폐를 끼쳐 여러분은 다시 괴로움을 당하게 됩니다. 그런데 우리는 오늘 여기 있는 토벌대의 버릇을 고쳤습니다. 이 토벌대를 몰아내고 새 토벌대를 받아들여 또 괴로움을 당하는 게 좋습니까, 아니면 이 토벌대를 그냥 두는 것이 좋습니까?"

사람들의 대답은 빨랐다. 손승호는 사람들을 국민학생 다루듯 하고 있었다. 국민학교 훈장다운 그 화술에 김범우는 빙긋이 웃었다.

"좋습니다. 그럼 지금부터 토벌대장의 사죄를 받도록 하겠습니다."

손승호가 말을 끝내고 돌아섰다.

"왕년의 마르크시스트다워."

김범우가 손승호를 보며 피식 웃었다. 손승호가 고개를 저었다. 피가 검붉게 말라붙은 그의 얼굴이 파리했다.

"저는 토벌대장으로서 그동안 끼친 민폐와 오늘……."

토벌대장이 꽥꽥 소리를 질러 가며 공개 사과를 했다. 연설인지 사과인지 분간이 어려운 말투였다.

손승호는 이마를 여섯 바늘 꿰맸다.

"약간 흉이 남겠어요. 그래도 이만하기 다행입니다."

전 원장이 수건에 손을 닦으며 말했다.

"아닙니다. 영웅의 훈장인데 흉이 크면 더 좋을 뻔했어요."

김범우가 웃으며 말했다.

"자넨 아까부터 자꾸 날 놀리는군."

손승호가 지친 표정으로 김범우를 건너보았다.

"놀리는 게 아니라 놀라워서 그러네. 치료도 끝났으니 어떻게 된 일인지 듣세."

"장좌리에 가정방문을 나갔었지. 마침 토벌대가 빨갱이 색출을 나왔는데, 동네는 정신이 하나도 없었어. 한쪽은 잔치 준비라도 하는 것처럼 음식 냄새 풍기며 소란스러웠고, 다른 한쪽은 금방 누구라도 죽일 것처럼 살벌한 분위기였지. 남자들을 모조리 모아 세워 놓고 사상 조사를 하는 거였네. 음식은 그 조사를 적당히 해 달라는 뜻으로 만드는 것이고. 그야 이미 동네마다 있어 온 일이라 그러려니 했지. 그런데, 술에 밥에 배 터지게 먹은 그들이 휴식이랍시고 낮잠을 자는데, 한 놈이 빠져나와 처녀 혼자 있는 집으로 뛰어든 거야. 처녀는 반항하고 그놈은 덤벼들고 하는 난장판이 벌어졌는데, 마침 밖에 나갔던 처녀 오빠가 돌아왔네. 그러자 다급해진 그놈이 총을 갈겨 댄 거야. 마당에 죽어 넘어진 그 참혹한 꼴이라니. 그 집이 내가 몇 시간 전에 들른 학생 집이었고, 그때 만난 사람을 시체로 보아야 했지. 이게 도대체 있을 수 있는 일인가. 그런데 나를 더 미치게 만든 건 그 부모들이야. 분하고 원통하지만 자기네처럼 힘없는 사람이 어쩌겠냐는 것이었네. 나는 더 참을 수가 없었네. 절망적 체념에 빠진 부모의 슬픔을 외면하고 돌아서는 비겁을 저지를 용기가 없었던 거야. 그렇다고 내가 그들보다 나은 힘이 있지도 않다는 사실이 또 나를 비참하게 만들었네. 그 순간 나는 내가 한 마리 하잘것없는 벌레가 된 기분이었지. 나는 도대체 무엇을 위해 살고 있는가, 나는 도대체 무엇을 할 수 있는 인간인가, 이런 회의에 빠졌네. 그 자리를 외면할 비겁한 용기도 없고, 그렇다고 폭력에 맞설 당당한 용기도 없는 나는 이미 내 눈앞에 널브러진 시체와 다를 것이 없었지. 그러면서 난 각오했어, 힘을 만들자고. 그들에게도 힘이 있음을, 관권의 폭력을 쳐부술 수 있음을 보여 주고 싶었어. 그때의 절망스러움은 나를 내 정신이 아니게 만들었어. 나는 선생이란 직함을 이용해 사람들을 선동하기 시작했지. 사람들을 줄 세우고, 구호를 연습시키고, 그리고 토벌대 놈들이 뺑소니친 읍내로 밀고 들어온 거야."

"어쨌든 대단한 일 해냈어. 그 경황 중에서도 웃음이 나오던가? 배짱 한번 두둑하더군."

"배짱이 아니네. 머리를 맞고 쓰러진 순간 막막하더군. 사람들을 끌고 온 이상 어떤 해결을 봐야 하는데, 나는 쓰러졌지, 상대방은 거칠지, 어째야 좋을지 모르는 판에 자네가 나타난 거야. 자네가 그때처럼 반가울 줄이야. 그러니 웃을 수밖에."

"반가운 웃음치고 어지간히 난해하더군."

"이 사람아, 나 그만 가야겠네. 너무 피곤해."

손승호는 무릎을 짚고 더디게 일어섰다.

그날 자정 무렵 한 방의 총성이 울렸다. 다음 날, 살인을 저지른 토벌대원이 간밤에 자살했다는 소문과 함께 이마 한가운데 구멍이 빵 뚫린 그의 시체가 경찰서 뒷마당에 놓여 있었다. 누군가의 입에서 자살이 아니라는 말도 나왔다. 그러나 그 말은 소문이 되지 못하고 이내 스러졌다.

〈3권에 계속〉

주요 인물 소개
소설에 담긴 역사 속 주요 사건

주요 인물 소개

김범우

지주이면서도 소작인들의 존경을 받는 김사용의 아들이자 독립운동을
위해 만주로 떠난 김범준의 동생. 공산주의자 염상진과 신분의 차이를
넘어 형 동생 사이로 지내기도 했으나, 이념보다는 민족을 중요시하며
좌익과 우익 어느 쪽도 선택하지 않고 교육을 통해 사회 변화를 이끌고
자 한다.

김범준

김사용의 큰아들이자 김범우의 형으로, 일제강점기에 독립운동을 하다
행방불명된 인물. 그 용맹한 행적을 기리고 흠모한 많은 사람들은 오랜
시간 그가 돌아오지 않자 만주에서 죽었을 것이라고 짐작한다. 하지만
전쟁이 일어난 후 그는 이전과는 전혀 다른 모습으로 나타난다.

정하섭

술도가 집 정 사장의 아들로 중학 시절부터 좌익 서클을 주도한 인물.
김범우와 염상진 모두와 인연이 있으나 결국 염상진의 이념을 따르게 되
고, 그의 추천으로 공산당에 입당한다. 빨치산의 자금 조달 등의 임무를
맡고 있으며, 어린 시절 연모했으나 신분의 차이로 멀어질 수밖에 없었
던 무당의 딸 소화와 은밀한 정을 나누게 된다.

하대치

동학 농민 운동에 가담했다가 화전민이 된 집안에서 태어난 소작인 출신 빨치산. 일제강점기에 일본인 지주를 상대로 소작 쟁의를 일으켰다가 징용에 끌려갔다 왔다. 소작회에서 만난 염상진의 사상과 됨됨이에 감화되어 빨치산이 되었다. 기민하고 용감하게 일을 처리하여 동료들의 신임을 받는다.

염상진

벌교, 보성 등지를 근거로 한 빨치산의 투쟁을 총괄하는 대장. 일제강점기에 사범학교를 졸업하고도 일제의 사상을 교육할 수 없다는 신념으로 농사를 지으며 독립운동과 적색 농민 운동을 주도했다. 해방 후 사회주의 운동에 매진하며 공산당원이 되고, 조직을 이끄는 통솔력뿐 아니라 인간적인 면모로 주변의 존경을 받는다.

염상구

염상진의 동생이지만, 형과는 정반대의 길을 걷는 인물. 첫째 아들을 중요하게 여긴 아버지의 의도적인 차별에 불만을 품고 비뚤어진 삶을 살아간다. 일본인 선원을 죽이고 도망쳤다가 해방 후 벌교로 돌아와서는 청년단장 감투를 쓰고 권력에 빌붙어 좌익 행위자 색출과 그 가족들 감시에 열을 올린다.

소화

무당 월녀의 딸로, 내림굿을 받아 무당이 된 비운의 여인. 어릴 적에 비파 두 알을 건네던 소년 정하섭에 대한 애틋한 그리움을 간직하고 살아간다. 빨치산의 신분으로 찾아온 정하섭을 도와주고, 그를 위해 헌신한다.

안창민

대지주의 손자로 염상진과는 사범 학교 선후배 사이. 학창 시절 사회주 의를 신봉했지만 졸업 후에는 국민학교 선생이 되어 염상진과는 다른 길을 간다. 하지만 실상은 읍내 지하 조직을 움직이는 보이지 않는 손이 었고, 결국에는 붉은 완장을 차고 염상진 무리에 합류한다.

이지숙

셋째 오빠를 통해 사회주의를 접하고 빨치산 세포로 활동하는 인물. 야학 선생으로 위장한 채 빨치산의 지령을 퍼뜨리고, 마을의 일을 은 근히 빨치산에게 전하는 일을 한다. 한편으로 안창민에 대한 사랑을 품고 있다.

전명환

벌교에 있는 유일한 병원의 원장. 좌·우익에 상관없이 신념에 따라 병자를 치료한다. 빨치산인 안창민을 치료해 줬다는 이유로 경찰에 붙들려 가 고초를 겪기도 하고, 한국전쟁이 일어나서는 우익으로부터 공산주의자로 의심받기도 한다.

서민영

양반이면서 직접 농사를 지으며, 독립운동을 하다 고문을 받아 절름발이가 된 인물. 해방 후 야학을 운영하며 염상진, 안창민, 김범우, 손승호 등에게 사상적으로나 인간적으로 영향을 준다. 약자의 편에 서서 그들을 돕는 일이라면 자신에게 닥칠 고초도 마다하지 않아 읍민들에게 존경을 받는다.

손승호

좌익 활동에 몸담았다가 사상의 변화를 일으키고 전향한 인물. 사회주의를 버렸으나 그렇다고 다른 이념을 선택한 것은 아닌, 사상의 공백 상태에 있다. 보도연맹 가입을 피해 서울로 올라와 친일과 관련 서적을 출판했다가 남로당 프락치로 몰린 뒤로 이전과는 다른 변화를 보인다.

심재모

좌익 척결을 위해 벌교·보성지구 계엄사령관으로 파견된 인물. 학병 출신으로, 평소 지주 노릇이나 친일을 하다 해방 후 지배 계급으로 다시 군림하는 사람들을 경멸한다. 소작인과 지주 사이에서 균형 잡힌 판단을 내리려고 노력하며, 서민영·김범우 등과 우호적인 관계를 유지한다. 하지만 지주들의 이익을 대변하지 않음으로 인해 용공 행위자로 내몰린다.

이학송

신문사 정치부 기자로 김범우, 손승호 등과 교류하는 인물. 한때 사회주의 계열 단체인 문학가동맹에 가입했다는 이유로 빨갱이로 몰려 경찰에 잡혀가 고문을 당하고 강제로 전향서에 도장을 찍게 된다. 이후 공산당 기관지인 《해방일보》로 근무지를 옮긴다.

소설에 담긴 역사 용어 정리

빨치산

1945년 해방 이후부터 1955년까지 활동한 공산주의 비정규군을 일컫는 말이다. 원래 러시아어 파르티잔(partizan)이라는 말에서 유래했는데, 이는 노동자나 농민 들로 조직된 비정규군을 뜻하는 유격대와 가까운 의미이다. 하지만 이념 분쟁 과정을 통하여 좌익 계통을 통틀어 비하하고 적대감을 조성하는 용어로 변하였고, 그 결과 '빨갱이'로 바뀌었다. 흔히 조선 인민 유격대라고 부르며, 남부군이나 공비, 공산 게릴라라는 표현도 사용되었다.

신탁 통치

강대국이 독립할 능력이 없는 나라를 국제 연합(UN)의 감독하에 일정 기간 통치해 주는 특수 통치 제도이다. 1945년 12월 모스크바 3국 외상 회의에서 "한국은 정부 수립 능력이 없으므로 5년간 미·영·중·소 4개국이 신탁 통치한다."라는 내용을 결정하였다. 이로 인해 한반도에서는 신탁 통치 반대 운동이 치열하게 전개되었고, 북쪽에서는 처음에 신탁 통치를 반대하다가 나중에 신탁 통치를 찬성하였다.

서북청년단

1946년 11월 30일 설립한 우익 청년 운동 단체이다. 월남한 이북 각 도별 청년 단체인 대한혁신청년회, 북선(北鮮)청년회, 함북청년회, 황해회 청년부, 양호단, 평안청년회 등이 통합하여 대공 투쟁을 능률적으로 수행하고자 설립하였다. 남한에는 아무 연고도 없는 북쪽 청년들을 적극적으로 포섭해 합숙소에서 공동생활을 시키면서 공산주의에 대한 그들의 적대감을 활용해 좌익 공격에 앞장서게 했다.

제주 4·3 사건

1947년 3월 1일을 기점으로 하여 1948년 4월 3일에 발생한 소요 사태 및 1954년 9월 21일까지 제주도에서 발생한 무력 충돌과 진압 과정에서 주민들이 희생당한 사건이다. 국제 연합에서 남한 단독 선거 결정이 내려지자 남한에서는 단독 정부 수립 반대 운동이 전국적으로 벌어지면서 군경과의 유혈 충돌이 발생하였다. 이때 제주도에서 경찰의 발포가 이어졌고 이에 항의하여 주민들이 총파업을 전개하였다. 이후 미 군정청이 경찰과 우익 단체(서북청년회 등)를 동원하여 무력으로 탄압하였다. 이에 맞서 좌익 세력이 무장 봉기를 일으켰고, 일부 지역에서 5·10 총선거를 무산시켰으며 좌익 세력의 유격전이 전개되었다. 그 결과 군경의 초토화 작전으로 많은 수의 무고한 주민이 희생당하였다.

대동청년단

1947년 9월 21일에 결성된 한국의 청년 운동 단체이다. 상해 임시 정부의 광복군 총사령관을 지낸 지청천(池靑天)이 당시 32개의 청년 단체들을 통합하여 결성한 청년 단체로, 8·15 광복 뒤의 혼란한 시기에 많은 활약을 하였다. 이들은 막강한 조직을 갖추고 반공 및 단독 정부 수립을 주장한 이승만 노선에 협조하였다. 1948년 대한민국 정부 수립 후 이승만의 명령으로 해산하여 대한청년단에 통합되었다.

남한 단독 정부 수립

국제연합 결의에 따라 1948년 5월 10일, 남한만의 단독 총선거가 치러져, 국회의원이 선출되었다. 이들에 의해 헌법이 제정되고(1948년 7월 17일), 간접 선거를 통해 이승만이 대통령으로 선출되었다. 1948년 8월 15일, 이승만이 건국을 공포함으로써 대한민국이 수립되었다. 남한에서 대한민국이 수립되자 북한에서도 최고 인민 회의 대의원을 선출하고(1948년 8월 25일), 이어 북한 헌법을 채택하였다. 1948년 9월 9일, 북한은 헌법에 정한 대로 김일성을 수상으로 하는 조선 민주주의 인민 공화국 수립을 선포하였다.

반민족행위특별조사위원회

1948년 9월 22일, 대한민국 제헌 국회가 친일파를 처벌할 목적으로 특별법인 반민족행위처벌법을 제정하고, 그해 10월 22일에 반민족행위특별조사위원회(약칭 '반민특위')를 설치하였다. 반민 특위는 친일파 선정을 위한 예비 조사 후 7천여 명의 친일파 일람표를 작성하고, 그중 전국적으로 알려진 친일파 중 도피를 꾀하는 자 체포를 우선시하였다. 그러나 친일 세력과 이승만 대통령의 비협조와 방해로 반민특위의 활동은 성과를 거두지 못하였다. 오히려 친일 세력에게 면죄부를 부여하는 결과를 초래하였고, 나아가 이들이 한국의 지배 세력으로 군림하였다.

여수·순천 사건

1948년 10월 19일 전라남도 여수·순천 지역에서 일어난 국방경비대 제14연대 소속 군인들의 반란과 여기에 호응한 좌익 계열 시민들의 봉기가 유혈 진압된 사건이다(약칭 '여순사건'). 당시 여수에 주둔하고 있던 국방경비대 제14연대 소속 군인들이 반란을 일으키며 전라남도 동부 6개 군을 점거하였다. 이에 위기감을 느낀 정부는 대규모 진압군을 파견하여 일주일여 만에 전 지역을 수복하였으나, 그 과정에서 상당한 인명·재산 피해가 발생하였다. 그리고 이 사건을 계기로 정부에서는 '국가보안법' 제정과 강력한 숙군 조치를 단행하게 되었고, 결과적으로 이승만 대통령의 철권통치를 강화하는 계기가 되었다.

농지개혁법

1949년 6월 21일, 북한에서 농지를 무상 몰수하여 농민에게 무상 분배한 농지개혁이 실시됨에 대응하여, 대한민국에서도 농지개혁을 실시하기 위하여 제정된 법률이다. 대한민국은 북한과 같이 무상 몰수와 무상 분배는 허용되지 않아 소유자가 직접 경작하지 않는 농토(소작인이 경작하는 농토)에 한하여 정부가 5년 연부보상(年賦補償)을 조건으로 소유자로부터 유상 취득하여 농민에게 분배해 주고, 농민으로부터 5년 동안에 농산물로써 정부에 연부로 상환하게 하는 이른바 유상 몰수·유상 분배의 농지개혁법을 실시하였다.

국민보도연맹 사건

국민보도연맹(약칭 '보도연맹)은 1949년 4월 좌익 전향자를 계몽·지도하기 위해 조직된 관변단체이다. 하지만 한국전쟁 발발 후 1950년 6월 말부터 9월경까지 수만 명 이상의 국민보도연맹원이 군과 경찰에 의해 살해되었다.

김구 피살

민족의 지도자였던 백범 김구 선생이 1949년 6월 26일 서울 서대문 근처 거처인 경교장에서 육군 소위 안두희가 쏜 총에 피살되었다. 조국 광복을 위해 평생을 바친 73세 노 혁명가는 남한만의 단독 정부 수립에 반대하였으며 한반도 통일 정부 수립을 위해 노력하였다. 장례식은 국민장으로 거행됐으며, 유해는 효창 공원에 안장됐다. 암살자 안두희는 무기징역을 언도받았으나, 한국전쟁 발발과 함께 특사 조치로 석방돼 육군 중령으로 복귀하는 등 배후에 대한 의문은 풀리지 않았다.

한국전쟁

1950년 6월 25일 새벽에 북한 공산군이 남북 군사 분계선이던 38선 전역에 걸쳐 불법 남침함으로써 일어난 전쟁이다. 전쟁 초기 남한이 불리했으나 국제 연합군의 참전으로 10월 말경에는 압록강 지역까지 국토를 회복했다. 그러나 중공군의 개입으로 전쟁은 3년·1개월간 끌었으며, 1953년 지금의 휴전선을 경계로 휴전이 성립되었다.

조정래 대하소설
태백산맥 청소년판 2

초판 1쇄 2016년 11월 8일
초판 4쇄 2020년 12월 30일

원작 | 조정래
엮음 | 조호상
그림 | 김재홍
발행인 | 송영석

발행처 | (株)해냄출판사
등록번호 | 제10-229호
등록일자 | 1988년 5월 11일(설립일자 | 1983년 6월 24일)

04042 서울시 마포구 잔다리로 30 해냄빌딩 5·6층
대표전화 326-1600 **팩스** | 326-1624
홈페이지 | www.hainaim.com

ISBN 978-89-6574-602-7
ISBN 978-89-6574-611-9(세트)

이 도서의 국립중앙도서관 출판예정도서목록(CIP)은 서지정보유통지원시스템 홈페이지(http://seoji.nl.go.kr)와
국가자료공동목록시스템(http://www.nl.go.kr/kolisnet)에서 이용하실 수 있습니다.(CIP제어번호: CIP2016025420)